탈무드

KB191754

송년식 엮음

「자유문학」에 시가 당선되어 어린이들과 만나게 되었습니다. 지은 책으로
시집 「위장에게」 「물새와 산새」, 동시집 「분홍 양말 신은 작은 새」, 동화집 「달기목장의 닭」
「별명」 등이 있고, 엮은 책으로 「우리 아이 태교할 때 들려주는 동시」 「우리말보다 쉬운
영어 구연 동화」 등이 있습니다. 한국아동문학상을 받았으며, 한국아동문학인협회 사무처장,
「솟대문학」 「시와 동화」 「그림처럼」 「열린아동문학」 등의 편집위원을 지냈습니다.

2021년 11월 25일 5판5쇄 **펴냄**
2011년 8월 25일 5판 1쇄 **펴냄**
2006년 3월 10일 4판 1쇄 **펴냄**
2003년 5월 30일 3판 1쇄 **펴냄**
2001년 4월 10일 2판 1쇄 **펴냄**
1998년 1월 20일 1판 1쇄 **펴냄**

펴낸곳 (주)효리원
펴낸이 윤종근
엮은이 송년식 · **그린이** 류영자
등록 1990년 12월 20일 · **번호** 2-1108
우편 번호 03147
주소 서울시 종로구 삼일대로 457, 1206호
전화 02)3675-5222 · **팩스** 02)765-5222

ⓒ1998 · 2001 · 2003 · 2006 · 2011. (주)효리원

잘못 만들어진 책은 구입하신 서점에서 바꾸어 드립니다.
ISBN 978-89-281-0095-8 64890

이메일 hyoreewon@hyoreewon.com
홈페이지 www.hyoreewon.com

탈무드

송년식 엮음 / 류영자 그림

효리원
hyoreewon.com

지혜를 키우는 꿈나무

유대인 어머니들은 "학교 다녀왔습니다." 하고
인사하는 아이들에게 "공부 열심히 했니?"라고 묻는
대신 "오늘은 무슨 질문을 했니?" 하고 묻는답니다.
가르쳐 주는 것만 그대로 받아들이는 말 잘 듣는
아이보다는 문제점을 찾아 내고 질문할 줄 아는
창의적인 아이로 키우려고 하기 때문이지요.
오늘 우리가 『탈무드』를 어린이들에게 선물하는
까닭도 바로 그것입니다.
『탈무드』는 1천 년 동안 유대의 수만 명의 랍비들이
여러 가지 문제들에 대해 연구하고 토론한 내용과
결론을 모아 엮은 책입니다. 그 분량이 엄청나게
많기도 하지만 아주 여러 방면에 걸쳐 두루 접할 수

있는 백과 사전과 같은 책입니다. 하지만 『탈무드』를
그냥 읽기만 한다면 아무 소용이 없답니다. 머리를
굴려 생각할 때 비로소 『탈무드』에 들어 있는 빛나는
지혜를 자신의 것으로 만들 수 있습니다.
이번에 본인이 엮은 『탈무드』는 『탈무드』 속의
재미있는 이야기들 중 어린이들의 지적 능력과 수준에
맞는 이야기들만 가려 뽑아 '탈무드의 지혜' 로
엮었습니다. '유대인의 생활' 에서는 2천 년 동안 나라
없이 떠돌던 유대인들이 모든 어려움을 이겨 내고
나라를 세운 비결을 살펴봄으로써 우리 어린이들이
민족과 나라에 대해 생각해 볼 수 있도록 꾸몄습니다.
어린이 여러분, 책을 많이 읽고도 생각하지 않는다면,
지식은 얻을 수 있을지 모르지만 지혜는 얻을 수
없답니다. 여러분은 날마다 지혜를 키우는
꿈나무가 되세요.   엮은이

유대인의 생활

탈무드의 지혜

『탈무드』는 총 20권에 1만 2천 쪽이나
되는 방대한 분량의 책입니다. '탈무드의 지혜'에서는
『탈무드』에 나오는 지혜롭고 슬기로운 이야기들만
가려 뽑아 고학년 어린이들이 쉽고 재미있게 읽을 수
있도록 새롭게 엮어 보았습니다. 생각하는 힘이
쑥쑥 자라게 되는 이야기 속으로
모두 함께 출발!

지혜의 책

어떤 학자가 유대인에 대해 연구하고 있었습니다. 하지만
아무리 공부해도 유대인이 어떤 사람인지 확실히 알 수가
없었어요.
그래서 그는 유대의 랍비를 찾아갔습니다.
"안녕하십니까? 저는 유대인에 대해 연구하고 있는
학자입니다."
"네, 그러시군요."
랍비는 정중하고도 반갑게 그를 맞아 주었습니다.
"저는 유대인에 관한 많은 책을 연구했습니다. 하지만

아직도 유대인이 어떤 사람인지 잘 모르겠습니다. 랍비님,
제 생각엔 『탈무드』를 공부해야 유대인에 대해 알 수 있을
것 같습니다. 그러니 제게도 『탈무드』를 가르쳐 주십시오."
학자는 랍비에게 사정 이야기를 했습니다.
그런데 아까는 반갑게 맞아 주던 랍비가 이번에는 얼굴을
딱딱하게 굳히더니 딱 잘라 거절을 하는 거예요.
"당신은 『탈무드』를 공부할 자격이 없군요."
그러나 쉽게 물러날 학자가 아니었어요. 그는 막무가내로
랍비를 졸랐습니다.
"선생님, 저는 무슨 일이 있어도 『탈무드』를 꼭 공부하고
싶습니다. 제가 『탈무드』를 공부할 자격이 있는지 없는지
어디 한번 시험을 해 봐 주세요."
학자의 결심이 워낙 확고했기 때문에 랍비도 조금은 태도를
누그러뜨렸습니다.
"그럼 어디 간단한 시험을 해 봅시다. 내가 문제를 하나
낼 테니 잘 풀어 보시오."
랍비가 문제를 냈습니다.
"두 소년이 있었소. 어느 날 둘은 굴뚝 청소를 함께 하게
되었다오. 한참 후에 굴뚝 청소를 마친 두 소년이 밖으로

나왔지요. 그런데 한 소년은 얼굴이 온통 새까맣게 되어서
나왔는데 다른 한 소년은 그을음 하나 묻히지 않은 채
깨끗한 얼굴로 나왔소. 당신 생각에는 두 소년 중 누가
세수를 할 것 같소?"
학자는 생각해 볼 것도 없다는 듯이 재빨리 대답했습니다.
"그야 물론 얼굴이 새까맣게 된 아이겠지요."
랍비는 찬바람이 쌩 하고 불 정도로 쌀쌀한 목소리로
말했습니다.
"그것 보시오. 역시 당신은 『탈무드』를
공부할 자격이 없지 않소."
학자가 그럴 리가 없다는 듯이 되물었습니다.
"제 대답이 틀렸습니까? 랍비님, 그럼 도대체 누가
세수를 한단 말입니까?"
랍비는 여전히 굳은 표정으로 말했습니다.
"두 소년이 함께 굴뚝 청소를 하고 내려왔을 때 한 소년은
얼굴이 새까맣게 되었는데 한 소년은 깨끗한 얼굴
그대로였소. 얼굴이 새까맣게 된 소년은 얼굴이 깨끗한
소년을 보고 '아, 내 얼굴도 저렇게 깨끗하겠지.' 하고
생각할 것이오. 그러나 얼굴이 깨끗한 아이는 얼굴이

새까맣게 된 아이를 보고 '아, 내 얼굴도 저렇게
새까맣겠구나.' 하고 생각하게 된다오.
그러니 누가 얼굴을 씻겠소?"
랍비의 이야기를 조용히 듣고 있던 학자가
무릎을 치며 소리쳤습니다.
"아, 이제야 알 것 같군요. 랍비님, 제게 한 번만 더
기회를 주십시오. 다시 한 번 시험해 주세요."
랍비는 같은 질문을 다시 했습니다.

"좋소. 이번에는 잘 생각해서 대답하시오. 두 소년이 함께
굴뚝 청소를 했는데 한 소년은 깨끗한 얼굴로, 다른 한
소년은 더러운 얼굴로 내려왔소. 두 소년 중 누가
얼굴을 씻을 것 같소?"
학자는 이미 정답을 알고 있었으므로 자신 있게
큰 소리로 대답했습니다.
"그야 물론 얼굴이 깨끗한 소년입니다."
학자의 대답을 들은 랍비는 웬일인지 아까보다 더
쌀쌀하고 차가운 목소리로 이렇게 말했습니다.
"당신은 아직도 『탈무드』를 공부할 자격이 없소."
학자는 기가 푹 죽었습니다. 갈수록 어려워지고
있었으니까요. 그는 실망하여 다시 물었습니다.
"랍비님, 도대체 세수는 누가 한단 말입니까?"
랍비가 말했습니다.
"두 소년이 모두 씻어야 하오. 두 소년이 같은 굴뚝을 함께
청소하였는데 한 아이는 깨끗한 얼굴로, 한 아이는 더러운
얼굴로 나온다는 것은 있을 수 없는 일이니까요."

해설 | 『탈무드』는 유대인들의 생활 철학이 담겨 있는 율법책입니다. 그런데 현재는 세계 각국의 언어로
번역되어 전세계인이 함께 읽고 있지요. 왜냐하면 유대인뿐만 아니라 그 누구에게나 지혜롭게 살 수 있는
비결을 가르쳐 주기 때문이랍니다. 자, 어린이 여러분, 준비됐나요? 함께 지혜의 바다로 출발!

랍비 힐렐

배우는 것을 아주 좋아하는 청년이 있었습니다.

"오늘도 동전 한 닢밖에 못 벌었군. 하지만 이 정도면 오늘 하루치의 수업료는 낼 수 있으니 정말 다행이야."

그 청년은 하루 벌어서 하루 먹고 살 정도로 가난했습니다. 하지만 배우는 것을 너무 좋아했기 때문에 동전 한 닢을 벌어도 생활비로는 반밖에 안 썼어요. 나머지 반은 학교 수업료로 쓰곤 했지요.

그러던 어느 날이었어요.

"이거 큰일이군. 오늘은 한 푼도 못 벌었으니 이 일을 어떡하면 좋지?"

그는 굶는 것이라면 얼마든지 참을 수 있었습니다.

그런데 수업료가 없어서 학교에 못 간다는 것은

도저히 참을 수가 없었어요.

한참을 앉아서 궁리하던 청년에게 한 가지

좋은 생각이 떠올랐습니다.

'그래, 하는 수 없지 뭐. 몰래라도 듣는 수밖에.'

청년은 학교 지붕 위로 올라갔습니다.

그리고 굴뚝에다 귀를 대고 선생님의 가르침을 듣기

시작했어요.

날이 어두워지고 있었습니다. 게다가 날씨까지 몹시

추워졌습니다. 하지만 이렇게라도 수업을 들을 수 있다는

즐거움에 청년은 추운 줄도 몰랐습니다.

그 날 따라 수업은 밤늦게까지 계속되었습니다. 밖에는

눈까지 내리고 있었지요. 추위와 배고픔으로 지칠 대로 지친

청년은 그만 깜빡 잠이 들고 말았어요. 눈은 청년의 몸을

하얗게 뒤덮었답니다.

다음 날이 되었습니다.

다른 날과 마찬가지로 학교 수업이 시작되었지요.

"얘들아, 이상하지 않니? 오늘은 교실이 왜 이렇게 어두운지
모르겠어."

"정말 그렇네. 날씨도 맑은데."

학생들은 교실이 어둡다며 불을 켜 보았습니다. 하지만
마찬가지였어요.

바로 그 때 한 소년이 교실 천장을 가리켰습니다.

"얘들아, 저기 좀 봐. 저기 누가 있어."

교실 천장에는 햇빛이 들어올 수 있도록 창문이 나
있었습니다. 그런데 그 창문을 어떤 사람의 몸이 가리고
있었던 거예요. 그래서 교실이 다른 날보다 더 어두웠던
거지요.

학생들은 학교 지붕 위로 올라가 보았습니다.

그 곳에는 어떤 청년이 눈을 하얗게 뒤집어쓴 채 잠이 들어
있었어요.

청년을 조심스럽게 끌어내린 학생들은 그가 정신을 차릴 수
있도록 잘 보살펴 주었습니다.

얼마 후 청년이 눈을 떴어요. 학생들은
일제히 탄성을 질렀습니다.

"야, 살았다. 살았어!"

청년이 영영 눈을 못 뜰까 봐 학생들은 얼마나 가슴을
졸였는지 모른답니다.
"도대체 왜 지붕 위에서 잠을 잤습니까?"
선생님이 물었습니다.
청년은 자초지종을 이야기했어요.
청년의 이야기를 들은 선생님은 배우려고 하는 그의
열정에 감동했습니다. 그래서 그 청년에게는 수업료를 받지
않기로 했답니다. 참 잘 되었지요? 그 후로 청년은 배우고
싶은 것을 마음껏 배울 수 있었으니까요. 또한 그 때부터
유대인 학교에서는 수업료를 받지 않게 되었답니다.
그 청년은 나중에 유명한 랍비가 되었는데 바로 그가
랍비 힐렐이랍니다.

해설 | 뜻이 있는 곳에는 반드시 길이 있게 마련입니다. 지금 당장은 이루기 힘든 일이라도 도중에
포기하지 않고 꾸준히 해 나간다면 언젠가 좋은 결과가 나타난답니다.

좋은 일

하루는 랍비 힐렐이 아주 바쁘게 걸어가고 있었습니다.
어찌나 바쁘게 걷는지 제자들이 바로 옆을 지나가는데도
모를 정도였어요.
"선생님께 무슨 일이 생겼나 봐. 저렇게 바쁘게 어디를
가시는 거지?"
제자들은 궁금해졌습니다. 그래서 랍비 힐렐을 따라가
물었습니다.
"선생님, 무슨 급한 일이라도 생겼나요? 왜 그렇게 바쁘게
가시죠?"

랍비 힐렐이 대답했습니다.

"좋은 일을 하려고 바쁘게 가는 중이라네."

"좋은 일이라고요? 그럼 저희가 함께 가도 괜찮겠습니까?"

제자들은 선생님이 어떤 좋은 일을 하는지 보고 싶었습니다.

그래서 따라나서기로 한 거예요.

랍비 힐렐도 흔쾌히 허락을 했습니다.

랍비 힐렐이 좋은 일을 하기 위해서 간 곳이 어디였을까요?

그 곳은 엉뚱하게도 공중 목욕탕이었어요.

목욕탕에 들어간 랍비 힐렐은 몸을 깨끗이 씻는 데만

열중했습니다. 제자들은 선생님의 행동을 빤히 쳐다보며

빨리 좋은 일을 하시기를 기다렸어요. 하지만 랍비 힐렐은

목욕만 계속할 뿐이었지요.

참다 못해 한 제자가 물었습니다.

"선생님, 좋은 일은 언제 하실 겁니까?"

그제야 힐렐이 제자들을 돌아보며 말했습니다.

"지금 하고 있는 중이라네."

제자들은 아무리 생각해 보아도 뭐가 뭔지 알 수가

없었습니다. 서로 얼굴만 빤히 쳐다보고 있었지요. 그런

제자들의 모습이 우스웠는지 힐렐이 껄껄껄 웃으며 이렇게

말했답니다.

"사람이 자신의 몸을 깨끗이 한다는 것은 아주 좋은 일이라네. 로마 사람을 보게. 그들은 동상을 깨끗이 하는 데 많은 정성을 쏟지. 하지만 사람이 자신을 깨끗이 씻는 것은 동상을 씻는 것보다 훨씬 더 좋은 일이라네."

해설 | 사람이 자신의 몸을 깨끗이 씻는 것이 좋은 일인 것처럼 자신의 마음을 깨끗이 하는 것도 아주 좋은 일이랍니다. 깨끗한 몸과 마음에서 깨끗하고 올바른 생각과 행동이 나오는 것은 당연한 일이겠지요.

과일 먹는 방법

키가 아주 큰 사람과 키가 아주 작은 사람이 있었습니다.

그 두 사람은 매우 친한 친구였지요.

태양이 몹시 뜨겁게 비추던 어느 날이었어요.

"여보게, 우리 좀더 넓은 세상을 보고 오는 게 어떻겠나?

여기는 너무 덥고 지루해."

키가 큰 친구가 말했습니다.

키가 작은 친구가 잠시 생각에 잠기더니

"그래, 그것도 좋겠군. 여기 일은 잠시 접어 두고 세상

구경을 해 보는 것도 귀중한 체험이 될 테니까."

하고 흔쾌히 대답했습니다.

이렇게 해서 둘은 함께 여행을 떠나게 되었습니다. 여행은
많은 것을 보고 배울 수 있는 좋은 기회가 된답니다. 하지만
때로는 힘든 일도 생기게 마련이지요.

여행을 하던 두 친구는 깊은 산 속을 헤매게 되었답니다.
그만 길을 잃었던 거예요.

가도 가도 보이는 것이라고는 울창한 숲뿐이었어요.

"아이고, 다리야. 좀 쉬었다 가세. 난 다리가 아파서 더 이상
못 걷겠어."

키 큰 친구가 털썩 주저앉으며 말했습니다.

"여보게, 어서 일어나게. 여기서 주저앉으면 어떡하나? 날이
저물기 전에 마을을 찾아야지."

얼른 마을로 내려가는 길을 찾아야 한다는 생각에 키 작은
친구는 잠시도 쉴 수가 없었습니다.

키 작은 친구는 키 큰 친구의 짐까지 지고 걷기 시작했어요.
키 큰 친구도 하는 수 없이 다시 일어나 걸었지요.

"아이고, 배고파. 이젠 정말 못 걷겠어. 어디 먹을 것 좀
없을까?"

키 큰 친구가 또다시 털썩 주저앉으며 말했습니다.

하지만 가방을 아무리 뒤져 봐도 먹을 게 나올 리
없었지요. 가지고 있던 식량은 이미 다 먹어
버렸으니까요. 물 한 방울도 남지 않았답니다.

"그래, 이 근처에 먹을 게 좀 있나 찾아보자."

키 작은 친구도 더 이상 발길을 재촉할 수가 없었어요.

그래서 우선 먹을 것을 좀 구해 허기부터 달래 보기로

했습니다.

"어, 저기 집이 있다!"

잠시 후 두 사람은 어느 외딴 집 한 채를 발견했습니다.

둘은 누가 먼저랄 것도 없이 그 집을 향해

뛰기 시작했어요.

"헉헉헉, 시, 실례합니다."

"아무도 안 계세요?"

그런데 어찌 된 일인지 아무리 불러 보아도 주인은

나오지 않았어요.

"이런, 겨우 찾았는데 빈 집이라니."

키 큰 친구가 투덜거리며 대문을 주먹으로 쾅 쳤어요.

아니, 그런데 잠겨 있는 줄 알았던 문이 삐그덕 하며

열리지 뭐예요.

둘은 얼른 집 안으로 들어가 보았습니다. 하지만 집 안에는

역시 아무도 없었어요. 누군가 이 집을 버리고 간

모양이에요. 그러니 아무리 찾아보아도 먹을 게 있을 리

없었지요.

너무나 실망한 두 친구는 방바닥에 아무렇게나
벌러덩 누워 버렸습니다.

"이왕 이렇게 되었으니 좀 쉬기라도 하세."

두 친구는 잠시 눈을 붙였습니다.

얼마나 잤을까요? 배가 너무 고파서 더 이상 잠을 잘 수가
없었어요. 그런데 부스스 눈을 뜬 키 큰 친구가 갑자기
벌떡 일어나며 소리쳤어요.

"저, 저기 좀 봐. 천장을 좀 보라고."

키 작은 친구도 일어나 천장을 쳐다보았습니다.

천장에는 바구니가 하나 매달려 있었는데, 그 안에
말린 과일들이 담겨 있지 뭐예요.

"야! 드디어 먹을 것을 찾았다!"

두 친구는 서로 얼싸안고 기뻐했습니다. 하지만 그 기쁨도
잠시였어요.

"그런데 저렇게 높은 곳에 있는 걸 어떻게 먹지?"

이 집은 다른 집과는 달리 천장이 유난히 높았습니다.

키 큰 친구가 아무리 깡충깡충 뛰어 보아도 도저히
잡을 수가 없었지요.

키 큰 친구는 더욱 실망했어요.

"차라리 편하게 집에나 있을걸. 눈 앞에 먹을 걸
두고도 먹지 못하다니. 아이고, 배야."

키 큰 친구는 너무 화가 나서 그냥 나가 버렸습니다.

그런데 키 작은 친구는 달랐어요. 아까부터 앉아서
뭔가를 골똘히 생각하고 있었지요.

'저 과일이 비록 높은 곳에 있기는 하지만 전혀 먹을 수
없는 건 아니야. 왜냐하면 과일이 저 곳에 있다는 것은
누군가 저기에 매달았다는 얘기잖아. 매달 수 있었다면 꺼내
먹을 수도 있다는 거지.'
이렇게 생각한 키 작은 친구는 남은 힘을 다해 집 안을
샅샅이 뒤지기 시작했습니다.
"찾았다! 찾았어!"
키 작은 친구가 헛간에서 무엇을 찾아 낸 줄 아세요?
바로 사닥다리였어요. 키 작은 친구는 너무 기뻐서 팔짝팔짝
뛰었습니다. 비록 낡기는 했지만 천장까지 닿을 수 있는
긴 사닥다리였거든요.
키 작은 친구는 사닥다리를 방으로 가져와 한 발씩 한 발씩
딛고 천장으로 올라갔지요.
"야호, 이렇게 맛있는 과일은 이 세상 어디에도 없을 거야."
키 작은 친구는 맛있는 과일을 배불리 먹고 다시 여행을
떠날 수 있었답니다.

해설 | 우리는 살아가면서 많은 어려움에 부딪히게 됩니다. 하지만 그 어떤 어려움이라도 잘 생각해
보면 해결 방법이 다 있게 마련입니다. 해 보기도 전에 겁부터 먹고 포기한다면 아주 큰 실수를 하게
되는 것이지요. 사닥다리를 찾아 내 한 발 한 발 올라갔던 키 작은 친구처럼 여러분도 용감하고 신중한
어린이가 될 수 있을 거예요.

제일 아픈 상처

어느 날 뱀이 아주 맛있는 점심을 먹고 있었습니다.

"냠냠냠, 아, 맛있다! 점심은 뭐니뭐니해도 싱싱한 생쥐가
최고야!"

오늘 점심은 뱀이 제일 좋아하는 생쥐였어요. 뱀은 생쥐 한
마리를 꿀꺽 삼켰습니다. 뱀은 먹이를 먹을 때 꼭꼭
씹어먹는 법이 없어요. 그냥 꿀꺽 삼켜 버리고 만답니다.

그 때 마침 독수리 한 마리가 먹이를 찾기 위해 하늘을 빙빙
날고 있었어요.

"저 녀석, 내가 먹을 생쥐를 먼저 먹어 버렸군."

뱀이 점심 먹는 모습을 쳐다보던 독수리가 땅으로 내려와
뱀에게 물었습니다.

"뱀아, 너는 음식을 참 이상하게 먹는구나. 사자는 먹이를
쓰러뜨리고 나서 먹고, 늑대는 먹이를 찢은 다음에 먹는데
너는 왜 먹이를 통째로 삼켜 버리는 거니? 욕심쟁이처럼."

그러자 뱀이 웃으며 이렇게 대답했습니다.

"독수리야, 그게 그렇게도 이상하니? 그래도 나는
남을 헐뜯는 사람보다는 낫다고 생각해. 입으로 남에게
상처를 입히지는 않거든."

해설 | 겉에 나는 상처는 오히려 치료하기가 쉽습니다. 하지만 속에 나는 상처는 치료하기가 참
어렵답니다. 잘 모르는 일을 가지고 남을 헐뜯거나 하는 일은 다른 사람의 가슴에 큰 상처를 입히게
됩니다. 그래서 항상 말을 하기 전에 한 번 더 생각해 보는 습관이 필요하답니다.

여우와 물고기

아주 아름답고 풍성한 숲이 있었습니다. 덕분에 그 숲에서
사는 동물들과 새들은 모두 한가롭고 평화로운 생활을
즐길 수 있었지요.

"여우님, 꾀보 여우님, 어서 일어나세요. 벌써 해님이
나오신걸요."

수다쟁이 새들이 종알종알 지저귀며 여우를 깨워 주었어요.

"아함, 벌써 그렇게 됐나? 오늘은 또 어떤 재미있는 일이
기다리고 있나 슬슬 나가 볼까?"

호기심에 찬 꾀보 여우가 어슬렁어슬렁 굴 밖으로 기어

나갔습니다.

오늘따라 숲 속은 유난히 더 평화로워 보였습니다. 수줍은
꽃들이 소곤소곤 속삭이는 소리만 간간이 들려왔어요.

"오늘은 내가 할 일이 없는 모양인데. 그건 아주 좋은
일이야. 그만큼 이 숲이 살기 좋은 곳이라는 얘기니까."

여우는 이 숲 속의 해결사였어요. 숲 속에서 일어나는 골치
아픈 일들을 자신의 꾀를 발휘하여 잘 해결하곤 했지요.

그런데 오늘은 아무리 둘러보아도 아무 문젯거리가 없는 것
같았어요. 문제를 해결해 달라고 찾아오는 동물들도
보이지 않았어요.

"우리 숲에는 아무 문제가 없는 모양이니 그럼
이웃 숲으로 놀러나 가 볼까?"

여우는 시냇가로 갔습니다. 이 시내를 건너야
이웃 숲으로 갈 수가 있었거든요.

그런데 바로 그 때였어요. 어디선가 텀벙텀벙
시끄러운 소리가 났습니다.

자세히 살펴보니 물고기 한 마리가 이리저리 정신 없이
헤엄을 치고 있는 거예요. 뭔가 아주 불안한 모양이었어요.

여우는 물고기에게 조심스럽게 다가가 물었습니다.

"물고기님, 당신은 왜 그렇게 정신 없이 헤엄을 치시나요?
무슨 큰 걱정이라도 있으신가요?"
여우가 다가오는 줄도 모르고 있던 물고기는 화들짝 놀라
헤엄을 멈추었습니다.
"걱정이요? 있고말고요. 요즘 제 친구들이 하나씩 사라지고
있답니다."
"아니, 친구분들이 사라지다니요? 그게 무슨 말씀이세요?"
여우도 깜짝 놀라며 물었습니다.
물고기는 깊은 한숨을 폭 내쉬더니 다시 말을 이었습니다.
"요즘 들어 이 곳으로 물고기를 잡으러 오는 사람들이 부쩍
많아졌어요. 그래서 많은 물고기들이 사람에게 잡혀 버리고
말았지요. 저도 언제 잡혀갈지 모르는 신세가 되고
말았답니다. 그러니 불안해서 살 수가 있어야지요."
물고기는 생각만 해도 끔찍한지 몸을 부르르 떨었습니다.
"듣고 보니 참 딱하게 되었군요, 물고기님."
여우는 잠시 생각하더니 무슨 좋은 방법이라도 떠올랐는지
무릎을 탁 치고는 이렇게 말했어요.
"물고기님, 이제 아무 걱정 마시고 이리로 나오세요. 제가
있잖아요, 제가. 이 꾀보 여우만 믿으시고 제가 사는 숲으로

함께 갑시다. 그 곳에서라면 제가 물고기님을 꼭 지켜 드릴 테니까요. 어서 나오세요, 어서요!"

여우는 의기양양하게 말했어요.

하지만 여우의 말을 듣고 난 물고기는 더욱 깊은 한숨을 내쉬며 고개를 설레설레 저었답니다.

"꾀 많은 여우님도 답답한 소리를 다 하시네요. 우리가 여태까지 살아온 물에서도 살기가 이렇게 힘든데 숲 속에 갔다가 무슨 일을 당하라고요. 아마 단 하루도 못 살고 죽고 말걸요."

물고기는 이제 여우는 쳐다도 보지 않았습니다. 친구들을 잡아간 사람들만 생각해도 너무 무서웠어요. 물고기는 다시 안절부절못하며 물 속을 이리저리 왔다 갔다 했습니다.

여우는 물고기를 볼 면목이 없었습니다. 자신의 어리석음이 너무 부끄러웠으니까요. 얼굴이 빨개진 여우는 고개도 들지 못하고 다시 숲 속으로 들어가 버렸답니다. 물론 다시는 물고기 앞에 나타나지 않았지요. 꾀 많은 여우도 오늘은 물고기에게 아무 도움이 안 되고 말았네요.

해설 | 물고기에게 물보다 더 소중한 것은 없습니다. 물을 떠나면 물고기는 곧 죽고 말지요. 유대인들은 학문이야말로 그들에게 물과 같은 것이라고 가르치곤 합니다. 그래서 그들은 끊임없이 배우고 연구하기를 게을리하지 않지요. 여러분에게 있어서 물은 무엇일까요? 친구들과 함께 생각해 보고 이야기도 해 보세요.

불청객

여러 명의 랍비가 모여 회의를 하고 있었습니다.

그런데 안건이 너무 많아서 오늘 다 회의를

끝마칠 수가 없었어요.

회의를 진행하던 랍비가 말했습니다.

"오늘은 아무래도 너무 늦은 것 같군요. 그리고 중요한

일들은 모두 얘기가 되었습니다. 그러니 나머지 안건들은

경험이 많으신 랍비 여섯 분이 내일 다시 모여

얘기하는 게 어떨까요?"

다른 랍비들도 그 제의에 찬성했습니다.

"그게 좋겠군요."

"그렇게 합시다."

회의를 진행하던 랍비가 말했습니다.

"여러분, 오늘은 이만 마치기로 합시다. 내일 모이실
여섯 분은 제가 각자 집으로 연락을 드리겠습니다."

이렇게 해서 랍비들은 모두 집으로 돌아갔습니다.

다음 날이 되어 회의장에 랍비들이 모였습니다.

그런데 모인 사람은 모두 일곱 명이었어요. 아마 한 사람이
잘못 알고 나온 모양이었습니다.

그 중 젊은 랍비가 말했습니다.

"이 자리에 초대받지 않은 사람이 한 명 있군요. 그 사람은
당장 나가 주세요."

회의장에 모인 랍비들은 말없이 서로의 얼굴을 물끄러미
바라보았습니다.

"……"

그러자 그 자리에 꼭 있어야 할 가장 덕망 있는 랍비가
일어서더니 조용히 나갔답니다.

해설 | 왜 가장 덕망 있는 랍비가 나갔을까요? 그 사람은 분명히 초대를 받았을 텐데 말이에요. 사정이야
어찌 되었든 잘못 알고 나온 일곱 번째 랍비가 부끄러움을 느낄까 봐 대신 나간 것이랍니다. 남의 입장도
생각할 줄 알아야 한다는 교훈이 담겨 있는 이야기입니다.

부드러운 혀, 딱딱한 혀

"그 동안 배우느라 수고가 많았네. 여러분들을 위로하는
뜻에서 내일은 우리 집에서 잔치를 열 테니 한 사람도
빠짐없이 다 참석하게나."
어느 랍비가 하루는 제자들을 모아 놓고 말했습니다.
"선생님께서 웬일이시지? 잔치를 다 하신다니. 항상
공부하는 것만 강조하셨는데 말이야."
"그러게 말이야. 하지만 우리가 열심히 공부하는 모습에
감동하셨는지도 모르지 뭐."
"그래, 어쨌든 내일은 맛있는 것을 잔뜩 먹겠군. 내일만큼은

신나게 놀아 보자고."

제자들은 저마다 한 마디씩 하며 기대에 부풀었습니다.

그도 그럴 것이 그 랍비는 언제나 공부하는 것만 강조했지

다른 것에는 전혀 신경을 쓰지 않았거든요.

다음 날 제자들은 모두 랍비의 집에 모였습니다.

상에는 소와 양의 혀로 만든 고급 요리가 잔칫날처럼

많이 차려져 있었어요.

"우아, 굉장한데! 우선 실컷 먹고 보자고."

신이 난 제자들은 먹고 떠들며 즐거운 한때를 보냈습니다.

그런데 제자들은 하나같이 부드러운 혀로 만든 요리만 골라

먹는 거예요.

그 날의 요리는 부드러운 혀와 딱딱한 혀 두 가지로 만든

요리였어요. 제자들이 먹고 떠드는 모습을 가만히 지켜보던

랍비가 말했습니다.

"역시 부드러운 혀로 만든 요리가 더 맛이 있나 보군.

자네들이 그렇게 골라 먹는 걸 보니 말일세. 사람도

마찬가지라네. 언제나 혀를 부드럽게 하기 위해서

노력하게나. 딱딱한 혀를 가진 사람은 남을 화나게 하거나

평화를 깨뜨리게 마련이라네. 오늘 잔치에서 배운 것을 꼭

실천해야 하네."

그 후로 제자들은 선생님의 가르침대로 살기 위해

항상 노력했답니다.

해설 | 사람의 혀는 좋은 말만을 할 수도 있지만 나쁜 말만 골라서 할 수도 있습니다. 부드러운 혀는
남을 칭찬하는 말, 양보하는 말을 해서 다른 사람과의 관계를 부드럽게 합니다. 하지만 딱딱한 혀는 남을
헐뜯는 말, 비난하는 말, 화나는 말을 해서 다른 사람과의 관계를 나쁘게 만들지요. 여러분은 어떤 혀를
가지고 있나요?

하느님이 맡긴 보석

안식일이 되었습니다. 랍비 메이어가 회당에서 설교를 하고
있었습니다.

그가 설교를 할 때 그의 아내는 항상 그가 좋은 설교를 할 수
있도록 집에서 기도하곤 했어요. 덕분에 랍비 메이어도 아주
열심히 설교를 할 수 있었습니다.

바로 그 때 랍비 메이어의 집에서는 슬픈 일이 일어나고
말았어요. 그의 사랑스러운 두 아이가 갑자기 죽은 거예요.

메이어의 아내는 두 아이의 시체를 위층으로 옮겨 놓고 흰
천을 덮어 두었습니다.

밤이 깊었습니다.

랍비 메이어가 설교를 마치고 집으로 돌아왔어요.

"여보, 오늘도 잘 지냈소? 아이들은 잠이 들었나 보구려."

'이 일을 어떻게 알려야 할까?'

아내는 두 아이의 죽음을 남편에게 어떻게 이야기해야
좋을지 궁리했습니다. 그러다 한 가지 좋은 생각이
떠올랐어요.

아내가 말했습니다.

"당신에게 묻고 싶은 게 있어요. 전에 어떤 분이 제게
아주 귀한 보석을 하나 맡기셨어요. 잘 보관해 달라고요.
이제 그분이 보석을 다시 돌려 달라고 하시는군요.
이럴 때 어떻게 해야 옳을까요?"

랍비 메이어가 대답했습니다.

"그야 물론 보석을 주인에게 되돌려 주어야 하지 않겠소?"
그러자 아내가 고개를 끄덕이며 침착한 목소리로
이렇게 말했습니다.

"네, 저도 그렇게 하는 게 옳다고 생각해요. 사실은
조금 전에 하느님께서 귀중한 보석 둘을 찾아 가지고
하늘로 돌아가셨습니다."

랍비 메이어는 아내의 말을 알아듣고 더 이상 아무 말도
하지 않았답니다.

해설 | 이 세상에 생명을 가지고 태어난 것은 모두 꼭 한 번 죽게 마련입니다. 죽음이라는 것이, 남아 있는 사람들과 헤어진다는 점에서는 슬픈 일이지만 유대인들은 원래의 주인인 하느님께로 간다고 생각했기 때문에 죽음을 그렇게 슬퍼하지만은 않았답니다.

앙갚음과 미움

어느 랍비가 설교를 하기 위해 제자들을 불러모았습니다.
그런데 그 중 두 제자가 한쪽에서 싸우고 있는 것이
보였어요.
랍비가 가만히 들어 보니 전에 한 제자가 다른 제자에게
했던 실수가 빌미가 되어 싸움이 일어난 모양이었습니다.
"싸우지들 말고 내가 하는 이야기를 잘 들어 보게나."
랍비는 두 제자를 앞으로 불러 앉히고는 다음과 같은
이야기를 들려 주었습니다.
어느 마을에 농사를 짓는 두 사내가 있었습니다.

어느 날 한 사내가 다른 사내를 찾아가 부탁했습니다.

"여보게, 우리 집 낫이 부러져서 못 쓰게 되었다네. 좀 급하게 필요한데 빌려 주게나. 금방 돌려 주겠네."

그런데 부탁을 받은 사내가 딱 잘라 거절하는 것이었어요.

"싫네. 나도 지금 당장 써야 하니 다른 데 가서 알아보게."

그 사내는 하는 수 없이 빈손으로 돌아갔답니다.

얼마 뒤 이번에는 부탁을 거절했던 사람이 낫을 빌리러 왔던 사람을 찾아갔습니다.

"우리 집 말이 병이 나 아무 일도 못 하는구먼. 자네 말 좀 빌려 주지 않겠나?"

그러자 그 사내가 말했습니다.

"싫네. 자네가 낫을 빌려 주지 않았으니 나도 말을 빌려 줄 수 없네."

말을 빌리러 왔던 사람도 빈손으로 돌아갔답니다.

말을 마친 랍비가 제자들에게 물었습니다.

"자신의 부탁을 거절했다고 똑같이 말을 빌려 주지 않은 이 사람의 행동을 무엇이라고 할 수 있겠나?"

제자 중 한 사람이 대답했습니다.

"앙갚음입니다."

"맞았네. 바로 앙갚음이지. 그럼 다음 이야기를
조금 더 들어 보게나."

랍비는 제자들에게 다음과 같은 이야기를 들려 주었습니다.

어느 마을에 농사를 짓는 두 사내가 있었습니다.

어느 날 한 사내가 다른 사내를 찾아가 정중하게
부탁했습니다.

"여보게, 우리 집 낫이 부러져서 못 쓰게 되었다네.
좀 급하게 필요한데 빌려 주게나. 금방 돌려 주겠네."

그런데 부탁을 받은 사내가 딱 잘라 거절하는 것이었어요.

"싫네. 나도 지금 당장 써야 하니 다른 데 가서 알아보게."

그 사내는 하는 수 없이 빈손으로 돌아갔답니다.

얼마 뒤 이번에는 부탁을 거절했던 사람이 낫을
빌리러 왔던 사람을 찾아갔습니다.

"여보게, 우리 집 말이 병이 나서 아무 일도 못 하는구먼.
자네 말 좀 빌려 주지 않겠나?"

그러자 그 사내는 선뜻 말을 빌려 주었어요.

그런데 이렇게 덧붙이는 것이었어요.

"자네는 내게 낫을 빌려 주지 않았지만 나는 자네에게 말을 빌려 주는 걸세!"

그 사내는 말은 빌릴 수 있었지만 왠지

마음이 좋지는 않았답니다.

말을 마친 랍비가 제자들에게 물었습니다.

"자신의 부탁을 거절했던 사람에게 말을 빌려 준

이 사람의 행동을 무엇이라고 할 수 있겠나?"

제자 중 한 사람이 대답했습니다.

"미움입니다."

"맞았네. 바로 미움이지. 비록 부탁은 들어 주었지만

그 사람의 진심에서 우러나온 일이 아니었으니 그의 행동은

전혀 아름답지 않은 것일세."

서로의 잘못을 따지며 다투던 제자들은 랍비의 이야기가

끝나자 누가 먼저랄 것도 없이 손을 내밀었습니다.

"잘못했네. 나를 용서해 주겠나?"

"용서라니. 오히려 내가 미안하네."

제자들은 맞잡은 손을 더욱 꼭 잡았답니다.

해설 | 누구나 잘못을 저지를 수는 있습니다. 그런데 그 잘못을 되갚아 주거나 미워하기만 한다면
이 세상은 아주 메말라 버리겠지요. 이 세상을 아름답게 만드는 것은 화해와 용서입니다.

랍비와 악당

랍비 몇 사람이 함께 여행을 하고 있었습니다. 그런데
도중에 그만 무서운 악당들을 만났어요.

"저, 저기 좀 보세요! 저기 악당들이 몰려와요!"

악당을 제일 먼저 발견한 랍비가 소리쳤습니다.

악당을 본 랍비들은 겁에 질려 벌벌 떨기만 했습니다. 모두
도망갈 엄두도 내지 못하고 있었지요. 이 근처에서 아주
무섭고 잔인하기로 소문난 악당들이었으니까요.

"아이고, 이제 우린 죽었어요. 저 악당들한테 잡혀서 살아온
사람은 아직 한 명도 없다던데요."

제일 나이 어린 랍비가 울먹이며 말했습니다.

그러자 한 랍비가 모든 것을 체념한 듯 풀썩 주저앉으며
투덜거렸어요.

"정말이지 저런 자들은 몽땅 물에 빠져
죽어 버리기나 했으면 좋겠어요."

그 소리를 들은 어떤 랍비가 그를 조용히
타일렀어요. 그 중에서 가장 덕망 있고 나이도 많은
랍비였습니다.

"그렇게 생각하지 마시오. 유대인이라면 그렇게 생각해서는
안 된다오. 아무리 저 악당들이 죽었으면 좋겠다고
생각되더라도 그런 것을 기도해서는 안 되오. 아무리 나쁜
사람들이라도 벌을 받아 죽기를 바라기보다는 그들이
자신의 죄를 뉘우치게 해 달라고 기도해야 한다오. 자,
이러고 있을 게 아니라 우리 모두 저 사람들이 착한 사람이
되도록 기도합시다."

자신의 목숨이 위태로운 상황에서도 그렇게 말할 수 있는
랍비의 덕망에 다른 랍비들도 모두 고개를 숙였습니다.

해설 | 아무리 나쁜 죄를 저지른 사람일지라도 벌을 주는 것은 우리에게 아무런 도움도 되지 않습니다.
그들을 반성하게 하여 잘못을 뉘우치고 다시 새사람이 되도록 하는 것이 결국 우리 모두를 위한
일이랍니다.

포도밭과 일꾼

옛날에 포도밭을 아주 많이 가지고 있는 왕이 살았습니다.
포도밭이 많았으니 당연히 포도밭에서 일하는 일꾼들도
많이 필요했겠지요.
사람이 많으면 항상 문제가 있게 마련인데 다행히도 왕의
포도밭에서 일하는 일꾼들은 모두 성실하고
부지런했습니다. 그렇게 많은 일꾼 중에 게으름을
피우거나 꾀를 부리는 사람은 단 한 명도 없었으니
참 복이 많은 왕이지요.
그러던 어느 날이었어요. 왕은 자신의 포도밭을 죽 둘러보고

싶었습니다. 왕은 신하를 불렀어요.

"여봐라, 올해는 포도 농사가 어떻게 되었는지 궁금하구나. 어서 나갈 준비를 하라."

"네, 알겠습니다."

신하는 얼른 달려가 왕이 포도밭을 둘러보는 데 불편함이 없도록 부지런히 준비를 했습니다.

곧 왕과 신하들은 포도밭에 도착했습니다.

"음, 역시 아름답구나. 주렁주렁 달린 이 열매들을 좀 보게나. 얼마나 탐스러운가!"

왕은 마치 포도밭을 처음 본 사람처럼 감탄을 그치지 않았습니다.

그런데 포도밭을 흐뭇하게 쳐다보던 왕이 갑자기 어느 한 곳을 뚫어지게 바라보는 거예요.

그 곳에는 한 일꾼이 열심히 일을 하고 있었습니다.

손놀림이 어찌나 빠르고 야무진지 보는 사람들의 넋을 다 빼놓을 정도였답니다.

"여봐라, 저기 있는 저 일꾼이 누구인고? 일하는 솜씨가 보통이 아니구나. 어서 데려오도록 하라."

왕은 신하들에게 명령을 내렸어요.

그 일꾼은 곧 왕 앞에 불려 나왔습니다.

"일하는 솜씨가 참으로 훌륭하구나.

그대만의 비결이라도 있느냐?"

왕이 다정하게 물었습니다.

"황송하옵니다, 폐하. 저는 그저 이 포도밭이

제 포도밭이라고 생각하고 포도 한 송이

한 송이에 사랑을 가지고 일을 할 뿐입니다.

사람이든 식물이든 사랑을 받는 것들은 모두

잘 자라게 되어 있거든요."

그 일꾼은 일만 잘 하는 것이 아니라

마음까지도 겸손한 사람이었어요.

왕은 더욱 흐뭇해졌습니다.

"내 오늘은 그대와 함께 이 포도밭을 둘러보고

싶은데 내게 안내를 좀 해 주겠나?"

일꾼은 너무도 황송해서 공손히 머리를 숙여

절을 했습니다. 그런 후에 왕을 모시고 다니며

포도밭 구석구석을 친절하게 안내했지요.

어느덧 날이 저물었습니다.

일을 모두 마친 일꾼들은 그 날의 품삯을

받으려고 길게 줄을 늘어서 있었어요. 모두들 공평하게
품삯을 받아서 돌아갔지요.

그런데 그 일 잘 하는 일꾼이 품삯을 받아서 막 돌아설
때였어요. 어떤 일꾼이 잔뜩 화가 난 목소리로 왕에게
불평을 늘어놓았어요.

"왕이시여, 저 사람은 오늘 두 시간밖에 일하지 않았습니다.
나머지 시간은 임금님과 함께 보냈지 않았습니까?
그런데 어떻게 저희와 똑같은 품삯을 받을 수 있습니까?
이건 너무 불공평한 일입니다."

왕은 고개를 저으며 이렇게 대답했습니다.

"그건 그렇지 않다. 잘 보아라. 너희가 하루 종일 한 일을
이 사람은 단 두 시간 만에 다 해치우지 않았느냐.
일을 한 시간이 중요한 게 아니라 얼마나 많은 일을
했는지가 중요한 것이다."

불평을 했던 일꾼은 더 이상 아무 말도 못 한 채
집으로 돌아갔답니다.

해설 | 사람이 태어나서 죽을 때까지 얼마나 오래 살았는지가 중요한 것은 아닙니다. 그 사람이 살아 있는
동안 좋은 일을 얼마나 많이 했는지가 더 중요한 일이겠지요.

웃음과 화평

한 랍비가 제자들을 데리고 시장에 갔습니다. 시장에는
많은 사람들이 모여 있었습니다.
여러 가지 물건들을 파는 사람과 필요한 물건들을
사러 나온 사람으로 시장 안은 발디딜 틈도 없었어요.
랍비가 제자들에게 외쳤습니다.
"이 시장에는 영원한 생명을 얻을 만한 자격이 있는
사람이 있다네."
제자들이 서로의 얼굴을 쳐다보며 웅성거렸습니다.
"말도 안 돼. 이렇게 어수선한 시장 바닥에 그런 사람이

어디 있겠어?"

"그게 누굴까?"

"있기는 뭐가 있겠어? 이 안에 그렇게 훌륭한 사람이 어디
있겠나?"

대부분의 제자들은 랍비의 말이 틀렸을 거라고
생각했습니다.

그 때 어떤 제자가 랍비에게 물었습니다.

"선생님, 혹시 약을 팔고 있는 저 약사가 그런 사람입니까?
저 사람은 아픈 사람을 치료해 주어 하나뿐인 사람의 목숨을
구해 줍니다. 그러니 영원한 생명을 얻을 만하지 않습니까?"

랍비는 고개를 저었습니다.

"저 사람은 아닐세."

제자들은 다시 고개를 갸웃거리며 깊이 생각해 보았습니다.

잠시 후 다른 제자가 물었습니다.

"선생님, 저기 저 사람 좀 보십시오. 저 사람은 사람들에게
책을 팔고 있습니다. 사람들이 책을 많이 읽어 지식이
풍부해지면 더 잘 살 수 있게 됩니다. 그러니 저
사람이야말로 영원한 생명을 얻을 수 있지 않겠습니까?"

그런데 이번에도 랍비는 고개를 저었습니다.

"그 사람도 아니라네."

제자들은 다시 곰곰이 생각해 보았습니다.

하지만 아무리 생각해도 이 시장 안에는 그렇게 훌륭한
사람이 있을 것 같지가 않았어요.

그 때 그들 옆으로 어떤 두 사람이 지나갔습니다. 그들은
아주 허름한 옷차림을 하고 있었어요.

랍비가 그 사람들을 가리켰습니다.

"바로 저 사람들일세."

제자들은 어리둥절해졌습니다.

"저렇게 보잘것없는 사람이 영원한 생명을 얻을 만한
자격이 있다고요?"

"그렇다네."

제자들은 그 두 사람을 쫓아가 물었습니다.

"여보세요. 실례지만 당신들은 어떤 귀중한 것을 파나요?"

그 두 사람이 대답했습니다.

"우리는 그저 보잘것없는 광대랍니다. 쓸쓸한 사람들에게는
웃음을, 싸우는 사람들에게는 화평을 가져다 주지요."

해설 | 비록 보잘것없는 광대지만 그들이 하는 일은 외롭고 쓸쓸한 사람들에게 웃음과 평안을 가져다
주는 귀중한 일입니다. 웃음은 그 어떤 보석보다도 사람을 행복하게 해 주는 가치 있는 것이랍니다.

가장 강한 사람

세상에서 가장 강한 사람은 어떤 사람일까요?

천하 장사요? 네? 슈퍼맨이라고요?

『탈무드』에서는 이런 사람을 세상에서 가장 강한

사람이라고 말한답니다.

사람의 몸은 눈, 코, 입, 귀뿐만 아니라 손과 발, 머리,

심장과 위장, 대장, 소장 등 무수히 많은 기관들로 이루어져

있습니다. 이 기관들은 저마다 맡은 역할이 정해져 있어요.

눈은 파란 하늘은 볼 수 있지만 꽃 향기를 맡을 수는 없어요.

코는 향기로운 꽃 향기는 맡을 수 있지만 달콤한 아이스

크림을 먹을 수는 없지요.

그런데 이런 기관들과는 달리 이 모든 것을 다 할 수 있는
것이 있답니다. 바로 마음이지요. 마음이야말로 여러 가지
기능을 다 할 수 있습니다.

손에게 넘어진 아이를 일으키도록 시키는 것도, 입에게
사과의 말을 하게 하는 것도 모두 마음이니까요. 또
무엇인가를 보거나 듣기, 걷거나 서기, 기뻐하거나 화내기,
무서워하거나 교만을 떨기, 사랑하기, 미워하기, 시샘하기,
감탄하기, 반성하기 등등도 마음이 시키는 일입니다. 이렇게
위대한 일을 할 수 있는 마음, 그 마음을 지배할 수 있는
사람이야말로 세상에서 가장 강한 사람이랍니다.

해설 | 그 어떤 강한 힘으로도 뺏을 수 없는 것이 바로 사람의 마음입니다. 하지만 그 어떤 강한 사람도
쓰러뜨릴 수 있는 것이 바로 따뜻한 마음이지요. 이처럼 마음을 잘 다스릴 줄 알면 그 어떤 힘보다도 큰
힘을 발휘할 수 있답니다.

약속

"어머, 예쁘기도 하지. 어쩜 저렇게 아름다울까!"

예쁜 나비 한 마리가 들판을 사뿐사뿐 날아가고 있었습니다.

그 뒤를 나비보다 더 아름다운 아가씨가 쫓고 있었고요.

아가씨는 가족들과 함께 여행 중이었습니다. 그런데

아가씨는 가족들과 멀어지고 있는 줄도 모르고 예쁜 나비

쫓는 데만 정신이 팔려 있었어요.

얼마나 갔을까요?

이제 가족들의 모습은 완전히 보이지 않게 되었습니다.

그제야 정신이 든 아가씨는 사방을 둘러보았지만 가족들의

모습은 어디에도 없었지요.

"엄마, 아빠, 어디 계세요?"

아무리 소리쳐 불러 보아도 공허한 메아리만 들려올
뿐이었습니다.

"큰일났네. 이제 어쩌지?"

가족을 찾기 위해 이리저리 헤매던 아가씨는 어느 우물가에
다다르게 되었습니다. 그런데 두레박은 없고 줄만 달랑
매달려 있는 우물이었어요.

마침 목도 마르고 배도 고팠던 아가씨는 우선 줄을 따라
내려가 물부터 마셨어요.

"아, 이제 좀 살 것 같다."

갈증이 풀리자 아가씨는 다시 우물 위로 올라가려고
했습니다. 그런데 아무리 노력해 보아도 올라갈 수가 없지
뭐예요.

"아, 오늘은 내가 왜 이렇게 실수만 하지?"

아가씨는 풀썩 주저앉아 엉엉 울었습니다.

"살려 주세요. 아무도 없어요? 저 좀 살려 주세요!"

아가씨는 이제 우물 위를 향해 소리치기 시작했습니다.
울고만 있다고 문제가 해결되는 것은 아니었으니까요.

그 때 마침 한 젊은이가 우물가를 지나가다 그 소리를
들었습니다. 이상한 소리에 사방을 둘러보던 젊은이는
그 소리가 우물 속에서 난다는 것을 알았어요.

"그 속에 누가 있습니까?"

젊은이는 우물에 대고 소리를 질렀습니다.

"네, 제발 저 좀 꺼내 주세요."

아가씨의 애절한 소리를 들은 젊은이는 그 아가씨를

무사히 꺼내 주었습니다.

"감사합니다. 정말 감사합니다."

이렇게 해서 만나게 된 아가씨와 젊은이는 서로 사랑하는

사이가 되었어요. 둘은 행복한 나날을 보냈습니다.

그러던 어느 날이었어요.

"미안해요. 고향에 좀 다녀와야겠소."

젊은이에게 고향에 다녀와야 할 급한 일이 생겼던 거예요.

떨어져 있어야 하는 게 싫었지만 할 수 없는 일이었지요.

현명한 아가씨는 젊은이를 흔쾌히 보내 주기로 했습니다.

"지금은 비록 헤어지지만 나는 반드시 돌아올 거요."

"저도 당신을 언제까지나 기다리겠어요."

이렇게 사랑을 맹세한 두 사람은 떠나기 전에

약혼식을 올렸습니다.

젊은이가 말했습니다.

"약혼식은 우리 둘이 했지만 누군가 증인이

있어야 하지 않겠소?"

"아, 저기 족제비가 지나가네요. 족제비를
증인으로 세우면 어떨까요?"

마침 지나가던 족제비를 보고 아가씨가 말했습니다.

"좋아요. 여기 우리 옆에 있는 이 우물도 약혼식의
증인으로 세웁시다."

둘은 족제비와 우물을 증인으로 세웠습니다.

젊은이는 곧 고향으로 떠났습니다.

그 후로 오랜 세월이 흘렀습니다. 그런데 아무리
기다려도 한 번 떠난 젊은이는 돌아오지 않았어요.

"어떻게 된 일이지? 혹시 그이에게 나쁜 일이라도
생긴 건 아닐까?"

아가씨는 매일 그 젊은이 걱정만 했습니다. 다른 청년들이
청혼을 해도 아가씨는 그 젊은이만을 기다렸어요.

고향으로 돌아간 젊은이는 도대체 어떻게 된 걸까요?

젊은이는 고향으로 돌아간 후에 그 아가씨와 한 약속을
잊었답니다. 그리고 다른 아가씨와 결혼을 했지요.

둘 사이에서는 예쁜 아이도 태어났습니다. 젊은이는
즐거운 나날을 보내고 있었어요.

그러던 어느 날이었습니다.

젊은이의 아이가 풀밭에서 놀다 그만

잠이 들었어요. 그런데 족제비 한 마리가

나타나서는 아이의 목을 물어 버렸습니다.

아이는 그만 하늘 나라로 가고 말았어요.

"으흐흑, 아기야, 너처럼 맑고 깨끗한 영혼에

왜 이런 고통이 주어지는지 모르겠구나."

젊은이는 너무 슬펐습니다. 아내도 괴롭긴 마찬가지였지요.

아이를 잃은 슬픔에 젖어 젊은이와 아내는 괴로운

나날을 보냈습니다.

그런데 얼마 후 또 아이가 생겼어요. 이번에는

더 예쁘고 총명한 아이였답니다.

"여보, 이 아이는 잘 기릅시다."

젊은이와 아내는 온갖 정성을 다해서 아이를 키웠습니다.

아이는 부모의 사랑을 먹고 무럭무럭 자랐지요.

덕분에 젊은이와 아내도 다시 행복한 나날을

보낼 수 있게 되었답니다.

그러던 어느 날이었어요.

젊은이와 아내가 잠시 한눈을 파는 사이에

아이는 혼자 우물가로 걸어가고 있었습니다.

아이는 이제 겨우 아장아장 걸을 수 있었어요.

우물에 비치는 세상을 처음 본 아이는 더없이 아름다운

세계에 푹 빠졌어요. 나무랑 구름의 그림자가 우물에

비치면서 만들어 놓은 그림들은 아이의 호기심을
잔뜩 자극했답니다.

그런데 우물을 너무 정신 없이 들여다보다가
그만 풍덩 빠지고 말았어요.

뒤늦게 소식을 듣고 달려온 젊은이와 아내는 싸늘하게
식은 아이를 붙들고 통곡을 했습니다. 하지만 한 번 떠난
아이를 되돌아오게 할 수는 없었지요.

젊은이와 아내는 처음보다 더 깊은 괴로움에 빠졌습니다.
매일매일 어두운 날들이 계속되었어요.

어느 날 혼자 깊은 생각에 빠져 있던 젊은이는 뭔가
생각나는 게 있었어요. 바로 옛날에 자신이 우물에서
건져 준 아가씨와 한 약속이었지요.

족제비와 우물을 증인으로 세우고 꼭 돌아가겠다고
했던 약속 말이에요.

젊은이는 그제야 자신의 가슴을 쳤습니다. 자신이
그 약속을 지키지 않았기 때문에 족제비와 우물이
아이들을 데려갔다는 것을 깨달았으니까요.

하지만 아무리 후회해 보아도 소용 없는 일이었지요.
괴로워하던 젊은이가 아내를 불렀습니다.

"여보, 사실 나에게는 결혼을 약속했던 아가씨가 있었소.
그런데 내가 그 약속을 지키지 않아 이런 일들이 생기고
말았다오. 이 일을 어쩌면 좋겠소?"
아내는 생각이 깊은 사람이었어요.
"그렇다면 그 약속을 지키셔야죠. 어서 그 아가씨가 기다리고
있는 곳으로 가서 약속을 지키세요. 저는 괜찮답니다."
이렇게 해서 젊은이는 그 아가씨가 기다리고 있는 곳으로
돌아갔습니다.
물론 아가씨는 그 때까지도 젊은이만을 기다리고 있었지요.
"정말 미안하오. 내가 당신과 한 약속을 잊고 말았군요.
나를 용서해 주겠소?"
젊은이가 아가씨에게 용서를 빌었습니다.
마음씨 착한 아가씨는 기꺼이 젊은이의 잘못을 용서해
주었습니다. 두 사람은 결혼식을 올리고 행복하게
살았답니다.

해설 | 약속은 사람과 사람 사이의 믿음입니다. 아무리 작은 약속이라도 함부로 어기고 지키지 않는다면 이 세상은 아마 큰 혼란에 빠지고 말 거예요. 약속은 하는 것보다 지키는 것이 더 중요하다는 것을 명심하세요. 그리고 약속을 하기 전에, 지킬 수 있는지 먼저 생각해 보는 것도 꼭 필요하겠지요.

시집 가는 딸에게

옛날 유대의 어머니들은 결혼을 앞둔 딸에게
무엇을 가르쳤을까요?
『탈무드』에는 지혜로운 어머니가 결혼을 앞둔 딸에게
가르쳐야 할 슬기로운 삶의 방법이 씌어 있습니다.
바로 다음과 같은 이야기랍니다.
잠깐! 여러분이 지금 당장 결혼을 하는 것도 아닌데
왜 이런 이야기를 하는지, 이해가 잘 가지 않는다고요?
글쎄요. 귀를 쫑긋 세우고 잘 들어 보면
그 까닭을 알 수 있을 거예요.

딸아!

만일 네가 남편을 제왕처럼 떠받든다면 그는

너를 여왕처럼 존대할 것이다.

그러나 네가 만일 계집종처럼 처신하면 남편은

너를 노예처럼 취급할 것이다.

만일 네가 지나치게 자존심을 세워 그를 섬기기를

싫어한다면 그는 완력으로 너를 계집종으로

만들어 버릴 것이다.

만일 남편이 친구를 방문하게 되거든 그를 목욕시켜

차림을 단정히 하도록 하여 보내거라.

만일 남편의 친구가 네 집에 놀러 들르거든 할 수 있는 한

정성을 다하여 대접하여라. 그렇게 하면 남편이

너를 어여쁘게 여길 것이다.

늘 가정에다 마음을 두고 남편의 소지품을 소중히 하여라.

그렇게 하면 그가 네 머리 위에 관을 씌울 것이다.

해설 | 자신을 낮추고 남을 높이면 어느 새 자신도 높은 자리에 앉게 된답니다. 그러나 남을 낮추고 자신을 높이는 사람은 결국 더욱더 낮은 자리로 떨어지고 말지요. 엄마, 아빠를 왕비와 왕같이 대해 보세요. 여러분은 어느 새 예쁜 공주님과 왕자님이 되어 있을 테니까요.

말없이 말하기

옛날에 로마 사람들과 유대인들이 서로 사이가
좋지 않았을 때의 일입니다.
로마의 황제가 유대에서 가장 지혜롭기로 소문난 랍비와
아주 사이좋게 지내고 있었습니다. 그 두 사람은 공교롭게도
같은 날에 태어나 생일까지도 똑같았어요. 그래서 더욱
친하게 지내고 있었지요.
하지만 황제와 랍비가 친구처럼 지내는 사실은
비밀이었어요. 만약 백성들이 알았다가는 시끄러운 일들이
일어날 게 분명하니까요.

황제는 골치 아픈 일들을 해결해야 할 때가 많았습니다.

그 때마다 황제는 랍비에게 좋은 해결 방법을 알려 달라고

묻곤 했지요. 하지만 이것도 직접 가서 물을 수는

없었습니다. 그래서 중간에 심부름꾼을 시켜 묻곤 했답니다.

그러던 어느 날이었어요.

황제에게는 두 가지 고민이 생겼답니다. 뭐냐고요?

한 가지는 자신이 죽기 전에 아들을 반드시

황제 자리에 앉히는 일이었어요.

그리고 또 한 가지는 다른 나라와의 무역이

활발한 도시를 만드는 것이었지요.

하지만 황제는 이 두 가지 중에 한 가지밖에

할 수가 없는 처지였답니다.

'아, 답답해서 못 살겠군. 뭐 뾰족한 방법이 없을까?

난 이 두 가지를 꼭 해야만 해. 그래야 편히 눈을 감을 수

있을 것 같다고.'

황제는 깊은 고민에 빠졌습니다.

'그래, 이번에도 유대의 그 지혜로운 랍비에게 물어

봐야겠군. 그 사람이라면 반드시 좋은 해결 방법을 알려 줄

거야. 하지만 직접 찾아갈 수가 없으니 참 답답하구먼.'

이렇게 마음먹은 황제는 신하들 중에 가장 믿음직스러운
신하를 불렀습니다. 그 신하는 이미 여러 번
이런 심부름을 했던 신하였어요.

"이번에도 그대가 수고를 좀 해 줘야겠네. 내 고민 두
가지를 모두 해결할 수 있는 방법을 꼭 알아서 돌아오게."
황제의 고민을 들은 신하는 유대의 랍비를 찾아가
사정 이야기를 했습니다.

그런데 요즘은 두 나라의 관계가 가장 나쁜 시기였어요.
그러니 황제와 랍비가 서로 묻고 대답한 사실을
백성들이 알면 곤란했지요.

랍비는 깊은 생각에 빠졌습니다.
하지만 결국 아무 말도 하지 않고 그 신하를
그냥 돌려보냈답니다.

먼길을 달려온 신하는 아무 대답도 듣지 못한 채
다시 황제에게로 갔습니다.

"수고했구려. 그래, 그대가 얻어 온 빛나는
해결책은 무엇인가?"
황제는 신하를 반갑게 맞으며 물었습니다.
하지만 신하의 입에서 나온 대답은 너무나 실망스러울

뿐이었답니다.

"폐하, 아뢰옵기 황송하오나 랍비께서는
아무 말도 하지 않았습니다."

"뭐? 아무 대답도 하지 않더란 말이냐?"

황제는 잔뜩 기대를 하고 있었기 때문에 그 대답이
너무 실망스러웠어요. 하지만 곧 이런 생각이 들었지요.
'그래, 대답을 하지 않은 데는 그만한 이유가 있을 거야.
두 나라의 관계가 지금처럼 나쁠 때는 서로 조심하는 게
좋을 테니까. 그래도 지혜로운 랍비가 아무 대답도
하지 않았을 리가 없는데……'

황제가 이렇게 곰곰이 생각에 빠져 있을 때였어요.

"저, 폐하, 지금 생각해 보니 랍비께서 말은 한 마디도
하지 않으셨지만 좀 이상한 행동을 하셨습니다."

신하는 뭔가 생각나는 것이 있는지 고개를
갸우뚱거리며 말했습니다.

"이상한 행동이라니?"

"네, 랍비께서 제 말을 다 들으신 후에 아들을
부르셨습니다. 그러고는 아들을 목말을 태우더니 비둘기
한 마리를 아들에게 건네주셨어요. 그러자 그 아들이

비둘기를 하늘로 날려 보냈습니다. 그것 외에는
아무 말도 어떤 행동도 하지 않았습니다."
신하의 이야기를 다 듣고 난 황제는 랍비의 행동에 대해
깊이 생각해 보았습니다.
'물음에 대한 대답은 안 해 주고 엉뚱한 행동만 했다면
그 속에 내 질문에 대한 답이 담겨 있을 거야. 도대체
그 뜻이 무엇일까?'

잠시 후 황제는 자신의 무릎을 탁 쳤습니다.

"그래, 바로 그거야!"

랍비는 황제의 물음에 말로 대답하는 대신 행동으로
그 방법을 알려 주었던 거예요.

랍비가 아들을 목말 태운 것은 아들에게 우선 왕위를
물려 주라는 뜻이었지요.

그 다음에 아들에게 비둘기를 주어 날려 보내게 한 것은
아들이 왕이 되었으니 아들이 직접 무역이 활발한
도시를 만들게 하라는 뜻이었답니다.

"역시 지혜로운 사람이야, 하하하!"

황제는 껄껄껄 웃으며 마음 속으로 그 랍비에게
감사의 인사를 했습니다.

그리고 얼마 뒤였어요.

황제는 어느 날 우연히 여러 신하들이 반역을 꾀하기 위해
모의 중이라는 사실을 알아 냈습니다.

'이런, 큰일났군. 이렇게 가만히 앉아서 당하고만
있을 수는 없지. 어떻게 하면 좋을까?'

황제는 안절부절못하며 궁리하기 시작했습니다.

하지만 좋은 방법이 떠오르지 않았어요.

"또 한 번 랍비에게 물어 봐야겠군."

황제는 이렇게 마음먹고 그 신하를 불렀습니다. 그러고는

당장 랍비에게 가서 좋은 방법을 얻어 오라고 시켰지요.

신하는 한달음에 랍비에게 달려가 황제의 다급한 사정을

이야기하고 그 해결책을 구했습니다.

하지만 이번에도 랍비는 아무 대답도 하지 않았답니다.

아직도 두 나라의 사이가 좋지 않기는 마찬가지였거든요.

신하는 하는 수 없이 아무 대답도 얻지 못한 채

궁궐로 돌아왔습니다.

"폐하, 아뢰옵기 황송하오나 이번에도 시원한 대답은

못 얻었습니다."

"허허, 참으로 답답하구나. 랍비께서 또 아무 말이

없었단 말이냐?"

"네, 폐하."

신하는 기어들어가는 목소리로 겨우 대답했습니다.

"하지만 폐하, 제가 있는 동안에 랍비께서는

또 이상한 행동을 하셨습니다."

"그래? 어떤 행동이었는가?"

"랍비께서는 밖으로 나가더니 채소 한 포기를 뽑았습니다.

그리고 집으로 들어와 쉬셨지요. 잠시 후 랍비께서 다시
나가더니 또 채소 한 포기를 뽑는 거예요. 그리고 또다시
집으로 들어오셨지요. 얼마 후 또 밖으로 나간 랍비께서
채소 한 포기를 뽑고는 들어오셨습니다. 그게 전부입니다."
신하는 고개를 갸웃거리며 본 것을 그대로 황제에게
알렸습니다. 아무리 생각해 봐도 그 뜻을 알 수가
없었으니까요.

하지만 황제는 달랐어요. 신하의 이야기를 다 들은 황제는
랍비의 행동이 말해 주는 뜻을 금방 알아챘습니다.

여러분, 랍비가 무슨 말을 한 걸까요?

바로 반역을 모의하는 신하들을 한꺼번에 없애 버려서는
안 된다는 말을 한 것이랍니다. 나쁜 신하들을 한꺼번에
없애 버리려다가는 오히려 일을 그르칠 수 있으니 채소를
한 포기씩 뽑아 버리듯이 나쁜 신하들을 하나씩 없애
버리라는 안전한 방법을 은밀하게 알려 준 것이지요.

참 지혜로운 랍비지요?

해설 | 사람들끼리 의견을 전달할 때 꼭 말을 하거나 글을 써야만 하는 것은 아닙니다. 지혜로운 랍비처럼
행동으로 의견을 전달할 수도 있지요. 서로에 대한 믿음이 있다면 눈빛 하나만으로도 충분히 의견을
전달할 수 있답니다.

방문

어떤 마을에 외롭게 혼자 살아가는 노인이 있었습니다.

그런데 얼마 전 병까지 얻어 결국은 앓아눕고 말았어요.

그 소식을 들은 랍비가 제자들을 불렀습니다.

"오늘은 공부보다 더 중요한 일을 해야겠다."

랍비는 제자들을 데리고 그 노인을 찾아갔습니다.

"아이고, 바쁘신 선생님께서 저처럼 보잘것없는 늙은이를

찾아 주시다니 너무 황송합니다. 그런데 어쩌죠? 저는

아무것도 대접할 게 없답니다."

노인은 자신을 찾아 준 랍비와 제자들이 너무 고마웠습니다.

사실 노인은 사람이 몹시 그리웠답니다. 혼자 외롭게 사는 생활에 지쳐 있었거든요.

랍비 일행이 돌아간 후 노인은 조금씩 몸이 좋아졌습니다.

"선생님, 선생님께서 찾아가신 후 그 노인의 병이 낫게 되었답니다. 선생님은 역시 훌륭하십니다."

제자들이 랍비를 추켜세우자 랍비가 이렇게 말했습니다.

"환자에게 병문안을 가면 그 환자의 상태가 60분의 1쯤 좋아진다네. 하지만 한꺼번에 60명이 병문안을 간다고 해도 그 환자의 병이 완전히 낫는 것은 아니지. 그러니 끊임없이 관심을 가지고 병문안을 가는 것이 환자에게는 가장 좋은 약이라네."

랍비가 계속 말했습니다.

"그러나 환자를 찾아가는 것보다 더 고결한 일이 있네. 바로 죽은 사람의 묘지를 찾아가는 일이야. 병문안은 환자가 완쾌되면 인사를 받을 수가 있지만 죽은 사람은 아무 인사도 할 수가 없거든."

제자들은 랍비의 가르침대로 살기 위해 노력했답니다.

해설 | 아무런 대가도 바라지 않고 무엇인가를 남에게 베풀기란 쉬운 일이 아닙니다. 그러나 그것만큼 아름다운 일도 없답니다.

주인을 구한 개

아주 귀여운 강아지가 한 마리 있었습니다. 그 강아지는
다행히도 아주 화목한 가정에서 살고 있었어요. 게다가 온
집안의 귀여움을 독차지하면서요.

그러던 어느 날이었습니다. 식구들이 모두 어느 잔치에 가게
되었어요. 하지만 강아지는 도저히 데리고 갈 수가 없는
곳이었답니다.

그 집의 아들이 강아지를 따뜻하게 안아 주며 말했습니다.
아들은 식구들 중에서도 그 강아지를 제일 좋아했답니다.

"곧 돌아올 테니 집 잘 보고 있어야 한다. 내가 맛있는 것

많이 가지고 올게."

강아지는 꼬리를 살랑살랑 흔들며 아들에게 대답했습니다.

모두 나가고 나자 강아지는 집 안을 한 바퀴

둘러보았습니다. 집은 아주 잘 정돈되어 있었지요.

강아지는 양지바른 곳에 앉아 주인이 돌아오기를 기다리기

시작했습니다.

얼마나 지났을까요? 어디선가 이상한 소리가 들렸습니다.

쉬익쉭!

바로 뱀이었어요. 아주 무서운

독뱀이었지요.

멍멍멍!

강아지는 뱀을 쫓아 버리려고 무섭게 짖어 댔지만 소용이

없었어요.

이 일을 어쩌죠? 뱀이 우유가 담겨 있는 통 안으로

쏙 들어가 버린 거예요. 뱀의 몸에 있던 독이 순식간에

우유 속에 퍼지고 말았답니다.

한참 후에 그 집의 식구들이 돌아왔습니다. 하지만

아무도 우유에 독이 풀려 있다는 사실을 몰랐지요.

"아, 목이 마르네. 우유나 좀 마실까?"

집에 돌아온 아들이 제일 먼저 우유를 마시려고 했습니다.

'멍멍멍!'

그것을 본 강아지는 가만히 있을 수가 없었어요.

그래서 아주 크게 짖어 대기 시작했답니다.

"왜 그러니? 너답지 않게."

우유를 마시려던 아들이 강아지를 안아 주며 달랬습니다.

"아, 내가 너무 늦게 돌아와서 화가 난 모양이구나. 미안해.

대신 내일은 하루 종일 너랑 놀아 줄게. 그럼 됐지?"

아들이 아무리 달래도 강아지는 여전히 사납게

짖어 대기만 했어요.

까닭을 알 수 없는 식구들은 이제 강아지를

야단치기 시작했답니다.

"너, 너무 귀여워해 주었더니 아주 버릇이 나빠졌구나!

안 되겠다. 오늘부터는 방 안에서 함께 재우지 말도록 해라.

알겠지?"

화가 난 어머니가 큰 소리로 말했습니다. 강아지는 지금까지

이 집의 아들과 한 방에서 지냈거든요. 하지만 이제 강아지는

방에서 쫓겨나게 생겼어요. 그래도 강아지는

계속해서 짖어 댔습니다.

아들이 컵에 든 우유를 마시려고 입으로 가져갔습니다.

바로 그 때 강아지가 잽싸게 뛰어올라 컵을 떨어뜨렸어요.

우유는 부엌 바닥에 전부 쏟아졌지요.

"이런 못된 강아지 같으니라고! 말로 해서는 안 되겠구나."

어머니는 화가 몹시 났습니다. 그래서 몽둥이를 찾으러

밖으로 나갔어요.

강아지는 얼른 쏟아진 우유를 핥아먹기 시작했답니다.

강아지는 곧 힘없이 축 늘어져 버렸지요.

"엄마, 강아지가 이상해요!"

아들의 다급한 목소리에 놀라 엄마가 뛰어들어왔습니다.

하지만 이미 강아지는 숨을 쉬고 있지 않았어요.

"아니, 이게 어떻게 된 일이니?"

어머니는 너무 놀라 뭐가 뭔지 도무지 알 수가 없었어요.

그런데 영리한 아들이 우유통 속을 살펴보고서야

어떻게 된 일인지를 알아 냈습니다.

우유통 속에는 무서운 독뱀 한 마리가 빠져 있었으니까요.

"엄마, 여기 좀 보세요."

"어머나, 이럴 수가!"

식구들은 모두 깜짝 놀랐습니다.

강아지가 식구들을 살리기 위해 자신의 목숨을 버렸다는
사실을 알고는 또 한 번 놀랐지요. 식구들은 강아지를
양지바른 곳에 정성스럽게 묻어 주었어요.
그 이야기를 들은 마을 사람들도 오랫동안 그 강아지의
위대한 행동을 칭찬하고 존경했답니다.

해설 | 아무리 하찮은 동물일지라도 훌륭한 행동을 했다면 존경할 줄 알아야 합니다. 또한 아주
보잘것없는 것에서도 배울 점이 있다면 본받을 줄 아는 열린 마음을 가지고 있을 때 더 크게
성장할 수 있다는 것 잊지 마세요.

하느님

어떤 로마 사람이 랍비를 찾아왔습니다.

"어서 오세요. 무슨 일로 저를 다 찾아 주셨습니까?"

로마 사람이 말했습니다.

"물어 볼 게 있어서 왔소이다. 그대들은 걸핏하면 하느님을
들먹이는데 그 하느님이란 도대체 어디에 있는 것이오?
어디에 있는지를 가르쳐 주면 나도 하느님을 믿겠소."

그러자 랍비가 웃으며 말했습니다.

"그러시다면 저를 따라 잠시 밖으로 나오시겠습니까?
하느님이 계신 곳이 여기서 멀지 않으니

바로 알려 드리지요."

로마 사람은 흔쾌히 랍비를 따라 밖으로 나갔습니다.

밖으로 나온 랍비는 이글이글 타고 있는 태양을

가리키며 이렇게 말했습니다.

"저 태양을 똑바로 쳐다보시오."

로마 사람은 태양을 똑바로 쳐다보려고 애썼습니다.

하지만 그게 가능한 일이겠어요? 눈이 너무 부셔서

도저히 똑바로 쳐다볼 수가 없지요.

화가 난 로마 사람은 펄쩍 뛰며 랍비에게

버럭 소리를 질렀습니다.

"그런 멍청한 소리 하지 마시오. 내가 바보인 줄 아시오?

눈이 부셔서 태양을 똑바로 쳐다본다는 것은

불가능하지 않소."

그러자 랍비가 빙긋이 웃으며 로마 사람에게 말했습니다.

"태양은 단지 하느님이 창조하신 많은 것들 중 하나일

뿐이오. 그까짓 태양 하나도 똑바로 볼 수 없으면서

태양보다 더 위대한 하느님을 어떻게 한눈에 볼 수 있겠소?"

해설 | 하느님은 너무 위대하신 분이기 때문에 한눈에 다 볼 수는 없습니다. 그러나 하느님이 창조하신
피조물 하나하나에 하느님의 모습이 다 있으므로 우리는 이 세상 만물을 통해 하느님을 만날 수 있겠죠.

왕이 된 노예

어느 마을에 마음씨 착한 부자가 살았습니다.

그 부자는 언제나 자기 혼자만 잘 살려고 하지 않았어요.

자신이 가진 걸 어려운 처지에 있는 사람들과

나눌 줄 알았지요.

"저 사람은 정말 보기 드물게 착한 부자야."

"그러게 말이야. 부자들은 욕심이 많은 법인데."

사람들은 모두 입에 침이 마르도록 부자를 칭찬했습니다.

어느 날이었어요.

그 부자가 데리고 있던 노예를 불렀습니다.

"부르셨습니까, 주인님?"

노예는 공손히 주인 앞에 나왔습니다.

"그래, 저 창문 밖에 무엇이 보이는지 말해 보아라."

부자는 밖으로 나 있는 커다란 창문을 가리켰습니다.

"큰 배가 보이는데요, 주인님."

밖에는 여러 가지 물건을 잔뜩 실은 배 한 척이 있었습니다.

부자가 말했습니다.

"저 배는 이제 네 것이다. 내 오늘 너를 자유롭게 해 줄 테니

저 재물을 가지고 네가 가고 싶은 곳으로 가거라. 그 곳에서

재물들을 팔아 자유롭고 행복하게 살도록 해라."

노예는 너무 기뻐 정신을 차릴 수가 없었습니다.

이것이 꿈인지 생시인지 도무지 믿기지가 않았어요.

이렇게 해서 자유로운 몸이 된 노예는 배를 타고

바다로 나갔습니다.

'주인님, 감사합니다. 제게 베풀어 주신 은혜는 절대로

잊지 않겠습니다. 그리고 저도 주인님처럼 훌륭한 사람이

되도록 노력하며 살겠습니다.'

그는 몇 번이고 마음 속으로 이렇게 다짐했습니다.

그런데 한참을 순조롭게 항해하던 배는 그만

큰 폭풍우를 만났지 뭐예요.

우르릉 쾅!

큰 폭풍 앞에서 배는 산산조각이 나고 말았습니다. 배에

실었던 물건은 물론이고 배마저 흔적조차 없어져 버렸지요.

하지만 다행히도 노예는 목숨만은 건질 수가 있었습니다.

그런데 살았다는 기쁨도 잠시였어요. 아무리 사방을
둘러보아도 떠다니는 배 한 척 없는 거예요.
'아이고, 이제 난 꼼짝없이 죽었구나.'
이렇게 낙심하고 있는데 바다 저 쪽에 희미한 무엇이
보였습니다. 바로 섬이었어요.
"야, 섬이다, 섬!"
섬을 발견한 노예는 죽을 힘을 다해 헤엄쳤습니다.
"휴, 살았다!"
입고 있던 옷마저 다 찢어져 알몸으로 겨우 섬에
도착한 노예는 안도의 한숨을 내쉬었습니다. 하지만
아무것도 가진 것이 없으니 앞으로 살아갈 일이
막막하기만 했어요.
"이제 난 어떻게 해야 하지?"
노예는 한참 동안 넋을 잃고 앉아 있었습니다.
"아니야, 내가 이러고 있을 때가 아니지. 일단 사람들이
사는 곳으로 가는 거야. 그 다음 일은 그 때 가서 생각해
보자고. 주인님이 날 자유롭게 해 주셨는데 여기서 이렇게
주저앉아 있는다는 건 주인님의 은혜를 저버리는 거야."
노예는 벌떡 일어나 걷기 시작했습니다. 게다가 여기가

아무도 살지 않는 무인도라면 더 큰일이라고 생각하자

더 이상 앉아 있을 수가 없었어요. 얼마나 걸었을까요?

"마을이다! 역시 사람들이 살고 있었구나."

섬 안쪽 깊은 곳에 큰 마을이 있었습니다.

그런데 이게 어찌 된 일일까요?

마을 사람들이 그를 열렬히 환영하는 거였어요.

"우리의 임금님이 되어 주십시오. 임금님 만세!"

사람들은 그를 호화로운 궁전으로 모시고 갔습니다.

갑자기 왕이 된 노예는 도무지 정신을 차릴 수가

없었습니다. 노예에서 해방되었을 때보다 더

어리둥절했어요.

풍요로운 날들이 계속되었습니다. 어느덧 1년이 지났어요.

왕이 된 노예는 아무리 생각해 보아도 이 사람들이

왜 자신에게 이렇게 잘 해 주는지 알 수가 없었습니다.

그래서 한 사내를 붙잡고 물었어요.

"도무지 알 수가 없구나. 나는 여기에 알몸으로

왔는데 왜 왕으로 받드는 거지?"

사내가 대답했습니다.

"우리는 살아 있는 인간이 아닙니다. 영혼이지요.

그런데 우리는 살아 있는 인간이 2년마다 한 번씩 이 섬에
찾아와서 우리의 왕이 되어 주기를 기다리고 있답니다.
하지만 2년이 지나면 임금님께서는 이 섬에서 쫓겨나실
거예요. 동물은 물론이고 풀 한 포기도 없는 삭막한
섬으로 말입니다."

그 말을 들은 왕은 깜짝 놀랐습니다. 그러나 곧
그 사내에게 진심으로 감사했습니다.

"정말 고맙구려. 그렇다면 지금부터 1년 후의
일에 대해 미리 대비를 해야겠군."

왕은 그 날부터 동물도 식물도 아무것도 없는 섬에 꽃과
과일 나무를 하나씩하나씩 심었습니다.

아주 조금씩이라도 꾸준히 했지요.

1년이 지났습니다.

왕은 사내의 말대로 그 풍요로운 섬에서 쫓겨났습니다.

그는 다시 왕이 되기 전처럼 벌거벗은 채로 아무것도 없는
섬에 가게 되었어요.

여러분, 그 황폐한 섬에 도착했을 때 그의 눈앞에
보이는 섬은 어떤 모습이었을까요?

섬은 과일이 주렁주렁 열리고 채소가 파릇파릇 자라는

땅으로 바뀌어 있었습니다.

그가 1년 전부터 조금씩 옮겨 심었던 과일 나무며 꽃이

이제 그 열매를 맺기 시작했던 거예요.

또한 그보다 먼저 그 곳으로 추방되었던 사람들이 그를

따뜻하게 맞아 주었습니다. 왕이 되었던 노예는 그들과

함께 더없이 행복하게 살았답니다.

해설 | 왕이 된 노예가 현재의 풍요로움에만 빠져 황폐한 땅을 미리 일구지 않았다면 어떻게
되었을까요? 아마 아주 비참한 최후를 맞이했을 거예요. 사람이 살아 있는 동안 착한 일을 하나씩
하나씩 해 나간다면 아마 죽은 후에라도 그 상을 받게 될 것입니다. 왕이 된 노예가 황폐한 땅에
심어 두었던 꽃과 과일 나무는 바로 살아 있는 동안 행하는 착한 행동을 말한답니다.

희망

어떤 사람이 여행을 하고 있었습니다.

아주 오랫동안 여행을 했기 때문에 이제 그 사람에게

남은 것이라고는 나귀 한 마리와 개 한 마리,

그리고 조그마한 등잔 하나뿐이었어요.

"이제는 집으로 돌아가야겠군."

나그네는 이렇게 중얼거리며 걸음을 옮겼습니다.

어느덧 날이 저물고 있었어요.

"오늘 밤은 어디서 보낸담?"

당장 급한 것은 그 날 밤을 보낼 곳부터 찾는 일이었습니다.

그런데 주변을 아무리 둘러보아도 사람들이 사는 마을은
보이지 않았어요. 날은 점점 더 어두워졌습니다.

"하는 수 없지. 조금 더 가 보자."

나그네는 지친 다리를 두드리며 다시 걸었습니다.

얼마나 걸었을까요? 이젠 정말 더 이상 못 걷겠다고
생각하는 순간이었어요. 바로 눈 앞에 다 쓰러져 가는 집이
한 채 보였습니다.

"야! 역시 하느님은 나를 항상 지켜 주신다니까."

나그네는 너무 기뻐서 단숨에 그 집까지 뛰어갔습니다.

"여보세요. 아무도 안 계세요?"

그런데 그 집은 빈집이었어요.

"주인한테 먹을 걸 좀 얻으면 더 좋겠지만 아무도 없으니
할 수 없지 뭐. 이렇게 편한 잠자리만도 어디야."

나그네는 편히 누워 잘 준비를 했습니다. 하지만
잠을 자기에는 아직 너무 이른 시간이었어요.

"몸은 피곤한데도 잠이 안 오는군. 책이라도 읽다가 잘까?"

등잔에 불을 붙인 나그네는 책을 펴고 앉았습니다.

그런데 바로 그 때였어요. 어디선가 바람이 휙 하고 불어
오더니 그만 등불을 꺼 버렸습니다.

"이런, 하느님도 무심하시지. 책이라도 좀 보려고 했더니
불을 꺼 버리시다니. 다시 불을 붙이기도 귀찮은데
그냥 자야겠군."

나그네는 곧 잠이 들었습니다. 너무 피곤했기 때문에
세상 모르고 깊은 잠을 잤답니다.

다음 날 아침이 되었습니다.

"아함, 잘 잤다. 푹 자고 났더니 몸이 한결 가벼운걸.
어서 집으로 돌아가야지."

짐을 다시 꾸린 나그네는 나귀와 개를 묶어
두었던 곳으로 갔습니다.

그런데 이게 어찌 된 일일까요?

나그네를 반갑게 맞아 주어야 할 나귀와 개가
글쎄 죽어 있는 거예요.

어젯밤 나그네가 깊은 잠에 곯아떨어졌을 때 사실은
늑대와 사자가 다녀갔답니다. 늑대와 사자가 개와
나귀를 물어 죽인 거지요.

나그네는 그 자리에 털썩 주저앉았습니다. 가진 것이라고는
나귀와 개가 전부였는데 둘 다 죽어 버렸으니 이제
나그네는 빈털터리가 된 거예요.

"하느님도 참 너무하시는군요. 제게 남은 것이라고는
이 나귀와 개가 전부였는데 그것마저 모조리 가져가시다니.
이럴 수가 있는 겁니까?"
나그네는 하느님을 원망하며 그 집을 나왔습니다.
터벅터벅 걷던 나그네는 얼마 안 가서
어떤 마을 입구에 도착했습니다.
"이 마을에 들어가서 아침이나 해결해야겠다."
나그네는 밥이라도 좀 얻어먹을 생각으로
마을로 들어섰습니다.

117

그런데 이건 또 어찌 된 일일까요?

사람들이며 가축들이 모두 죽어 있는 거예요.

이 끔찍한 장면을 본 나그네는 너무 겁이 나서 숨도

제대로 쉬지 못하고 벌벌 떨고만 있었답니다.

바로 그 때였어요.

"여보게, 젊은이! 나 좀 꺼내 주게."

어디선가 나그네를 부르는 목소리가 들렸습니다.

주위를 돌아보니 바로 뒤쪽에 한 노인이 무너진

장작더미에 깔려 신음하고 있었어요.

나그네는 정신 없이 뛰어가 노인을 꺼내 주었습니다.

"영감님, 도대체 무슨 일이 있었던 겁니까?"

"어젯밤에 도둑들의 습격을 받았다네. 도둑들은 이 마을

저 마을 할 것 없이 다니며 사람이며 가축들을

닥치는 대로 죽이고 재물을 빼앗아 달아났지 뭔가.

이제 이 일을 어쩌면 좋을지."

혼자 남겨진 노인은 땅이 꺼져라 한숨을 쉬었습니다.

이야기를 다 들은 나그네는 그 자리에 넙죽 엎드려

하느님께 감사의 기도를 드렸답니다.

왜냐고요?

만일 어젯밤에 바람이 불어 와 등불을 꺼 버리지 않았다면
어떻게 되었을까요?

그 불빛 때문에 이 나그네도 도둑들에게 발각되었겠지요.

그럼 아마도 지금쯤 이렇게 멀쩡하게 살아 있지는
못했을 거예요.

또 개가 살아 있었다면 어떻게 되었을까요?

개 짖는 소리를 듣고 도둑들이 쉽게 나그네를
찾아 낼 수 있었겠지요.

마찬가지로 나귀가 살아 있었다면 나귀도 시끄럽게 소란을
피웠을 거예요. 그럼 역시 나그네의 목숨이 위태로웠겠지요.

나그네는 자신이 가진 것을 모두 잃게 했다고 하느님을
원망했어요. 하지만 그 모든 것을 잃어버렸기 때문에
가장 귀중한 목숨을 구할 수 있었답니다.

이 일이 있은 후로 나그네의 생활은 많이 변했습니다.

어떤 어려움 앞에서도 불평하지 않고 긍정적으로
살아가게 되었거든요.

해설 | 더 이상 나빠질 수 없을 정도의 어려움 앞에서도 좌절하거나 포기해서는 안 됩니다. 오히려 그 어려움들이 도움이 되어 상황을 전보다 더 좋게 만들 수도 있으니까요.

무덤과 마을

"아이고, 다리야. 아버지, 저는 돌아갈래요. 목도 마르고
다리도 아파서 더 이상 못 걷겠어요."

아들이 우는 소리로 앞에서 걷고 있는 아버지에게 사정을
했습니다. 하지만 아버지는 좀처럼 쉴 것 같지가 않았어요.

"애야, 끝까지 해 보아야지. 이렇게 포기하면 안 된단다.
곧 마을이 나타날 거야."

아버지는 아들을 계속 격려하며 걸음을 옮겼습니다.

아버지와 아들은 지금 사막을 여행 중이었습니다. 사막은
아주 뜨거워서 보통 사람들이 다니기에는 너무 힘이 드는

곳이랍니다.

게다가 가지고 있던 물도 다 떨어져 버렸으니

아들에게는 견디기 힘든 여행이었습니다.

가도 가도 사람이 사는 마을은 나타나지 않았어요.

하지만 아버지의 끊임없는 격려 때문에 아들은

주저앉을 수도 없었습니다.

아버지와 아들은 쉬지 않고 걸었습니다. 그런데

얼마 안 가서 무덤이 나왔어요.

무덤을 본 아버지는 얼굴이 환해지면서 이렇게

말씀하셨습니다.

"애야, 힘을 내라. 무덤이 있다는 것은 여기서

가까운 곳에 마을이 있다는 표시란다."

"정말이에요?"

아들은 무덤이 왜 마을이 있다는 표시인지 몰랐지만

다시 희망을 가지고 걸었습니다.

정말 가까운 곳에 마을이 있었어요. 아버지와 아들은

그 곳에서 물도 마시고 편히 쉴 수가 있었답니다.

사막에 사는 사람들은 마을 어귀에다 묘지를 만들었습니다.

그래서 사막을 여행하는 사람들에게 묘지는 마을이

가까이 있다는 표지가 되었지요.

유대인들에게도 무덤은 죽음을 뜻하지 않는다고 합니다.

오히려 생명을 상징하지요.

해설 | 모든 것이 끝났다고 생각될 때 그것이 오히려 새로운 시작이 될 수도 있다는 걸 잊지 마세요.
유대인들이 그렇게 많은 고통과 어려움을 겪으면서도 끝까지 살아남을 수 있었던 것은 바로 이처럼
아무리 어려운 상황에서도 희망을 잃지 않는 꿋꿋함 때문이었답니다.

욕심쟁이 노인

어느 시골에 부지런하고 지혜로운 신발 장수가 있었습니다.

그런데 이 신발 장수는 요즘 고민이 하나 생겼어요.

바로 장사가 잘 되지 않는다는 거였지요.

"이것 참 큰일이군. 이렇게 장사가 안 돼서야 밥도

못 먹겠는걸."

하지만 신발 장수는 뭔가 이 어려움을 풀어 나갈 수 있는

좋은 방법이 있을 거라고 생각하고 열심히 장사를 했답니다.

그러던 어느 날이었어요. 읍내 장터에 나갔던 신발 장수는

좀 멀리 떨어진 도시에서 질 좋은 신발을 아주 싸게 판다는

이야기를 들었습니다.

'그 도시가 좀 멀긴 하지만 그 신발들을 사다가 팔면
이익이 많이 생기겠는데.'

이렇게 생각한 신발 장수는 당장 짐을 꾸려 그 도시로
떠났습니다. 가지고 있던 돈도 몽땅 가지고요.

도시에 도착한 신발 장수는 제일 먼저 신발을 싸게
판다는 곳으로 갔습니다.

그런데 이 일을 어쩌죠? 안타깝게도 이미 신발은
다 팔리고 없는 거예요.

게다가 이미 날까지 저물기 시작해서 다시 집으로 돌아갈

수도 없었지요. 신발 장수는 하는 수 없이 하룻밤을
이 곳에서 묵기로 마음먹었습니다.

신발 장수는 우선 여관부터 정했습니다.

그리고 방에 들어와 짐을 풀렀지요. 그런데 갑자기
이런 생각이 들었어요.

'내게 돈이 많은 걸 알고 누군가 내 돈 꾸러미를
훔쳐 가면 어쩌지? 그렇게 되기 전에 이 돈을
어디 안전한 곳에 숨겨야겠다.'

이렇게 생각한 신발 장수는 돈 꾸러미를 들고
밖으로 나왔습니다.

한참을 가다 보니 마침 사람들이 잘 다니지 않는
한적한 곳이 있었어요. 신발 장수는 그 곳에 있는
커다란 나무 밑에 구멍을 파고 돈을 묻었습니다.
아주 감쪽같이 묻어 버렸어요. 그제야 신발 장수는
마음이 좀 놓였습니다.

'이젠 안전하겠지. 아무도 본 사람이 없으니까.'

흙 묻은 손을 툭툭 털며 사방을 둘러보았지만
다행히도 사람의 기척은 없었어요.

'이왕 여기까지 왔는데 그냥 가기에는 좀 섭섭하군.

어디 도시 구경이나 좀 해 볼까?'

신발 장수는 홀가분한 마음으로 도시 이곳 저곳을

돌아다녔습니다.

도시에는 참 희한하고 화려한 것들이 많았습니다.

재미있는 것도 많았지요. 신발 장수는 오랜만에

아주 즐거운 하루를 보냈습니다.

밤이 되었어요. 신발 장수는 여관으로 돌아가 깊은 잠에

빠졌습니다. 아주 피곤했거든요. 신발 장수는 처음으로

늦잠도 자 보았습니다.

다음 날 해가 하늘 높이 뜬 다음에야 일어난 신발 장수는

돈 꾸러미 생각이 났어요.

"내 돈이 잘 있을까? 어디 한번 가 봐야지."

신발 장수는 어제 돈을 묻었던 곳으로 갔습니다.

먼저 누구 보는 사람은 없는지 살펴본 후에 부지런히

나무 밑을 파기 시작했습니다.

"아니, 이럴 수가!"

이게 어찌 된 일일까요?

나무 밑에는 아무것도 없는 거예요.

"내가 잘못 팠나?"

신발 장수는 얼른 바로 옆을 다시 파기 시작했습니다.
하지만 나무 주위를 다 파 보아도 숨겨 둔 돈은 나오지
않았어요.

"아이고, 이 일을 어쩌나! 그게 내 전 재산인데 그 돈을
잃어버렸으니 난 이제 어떻게 살란 말이냐."

신발 장수는 그 자리에 털썩 주저앉아 엉엉 울고
말았습니다. 도대체 신발 장수의 돈을 누가 가져간 걸까요?
신발 장수가 돈을 묻을 때 분명히 주변에는 아무도 없었는데
말이에요.

한참을 그렇게 넋을 잃고 앉아 있던 신발 장수는 그제야 그
곳에서 빤히 보이는 곳에 집 한 채가 있는 것을
발견했습니다.

신발 장수는 지푸라기라도 잡는 심정으로 그 집에 가
보았습니다. 그런데 그 집 벽에 조그만 구멍이 뻥
뚫려 있지 않겠어요? 그 구멍을 통해 밖을 내다보면
바로 그 나무가 보였지요.

신발 장수는 그제야 모든 것을 알 것 같았습니다.
'내가 나무 밑에 돈을 묻을 때 이 집 주인은 이 구멍으로
다 지켜보고 있었던 게 틀림없어. 그리고 내가 떠난 후에

몰래 그 돈을 파내어 훔쳐 간 거야. 나쁜 사람 같으니라고.
어디 두고 보라지.'

신발 장수는 돈을 다시 찾을 수 있는 방법을 곰곰이 궁리해
보았습니다. 잠시 후 신발 장수에게 아주 기가 막힌 방법이
떠올랐어요. 그는 참 지혜로운 사람이었거든요.

신발 장수는 파 보았던 나무 밑을 다시 전처럼 잘 덮어
두었습니다. 아무도 파 보지 않은 것처럼 감쪽같이 말이에요.
그러고는 그 집 대문을 정중하게 두드렸습니다.

'똑똑똑!'

그러자 곧 그 집 주인인 듯한 노인이 고개를
쏙 내밀고는 물었습니다.

"누구신지요?"

"네, 저는 시골에서 올라온 신발 장수입니다. 저는 지금
큰 고민거리가 생겼어요. 그런데 듣자 하니 어르신께서
덕망과 지혜가 높아 어려운 문제들을 잘 해결해 주신다기에
이렇게 찾아왔습니다."

신발 장수가 일부러 노인을 추켜세우는 줄도 모르고
노인은 아주 기분이 좋아졌습니다.

"내가 어려운 처지에 처한 사람들을 많이 도와 주기는 했지만

뭐 그렇게 대단한 건 아니지."

노인은 거짓으로 겸손한 척 대답했어요.

"무슨 말씀이세요. 어르신의 지혜라면 해결 못 할

문제가 없다던데요.

부디 제 말씀 좀 들으시고 꼭 좋은 방법을
가르쳐 주십시오."

"그럼 어디 사정 이야기나 한번 해 보게."

"네, 저는 질 좋은 신발을 아주 싸게 판다는 소문을 듣고
이 도시에 왔습니다. 가지고 있는 돈을 몽땅 가져왔지요.
그런데 제가 너무 늦게 오는 바람에 신발이 모두 팔리고
없지 뭐예요. 하는 수 없이 가지고 온 돈을 두 자루에
나누어 담았지요. 한 자루에는 은화 5백 냥을 담고 다른
한 자루에는 은화 8백 냥을 담았습니다. 그리고 5백 냥이 든
자루를 아무도 모르는 곳에 몰래 묻었답니다. 그런데
이 8백 냥이 든 돈 자루가 문제예요. 이것을 어떻게
보관하면 좋을까요? 제 생각에는 이것도 어디엔가 묻는
것이 좋을 것 같은데 5백 냥짜리 자루를 묻은 곳에 같이
묻을까요? 아니면 믿을 만한 사람에게 맡기는 게 좋을까요?
저는 도대체 어떤 방법이 더 좋을지 결정을 못 하겠어요."

노인은 곰곰이 생각하는 것처럼 보였지만 사실 속으로는
손뼉을 쳤답니다.

'옳지, 이 멍청한 신발 장수 같으니라고. 5백 냥은 이미
내 손에 있는데 아직 없어진 것도 모르고 있군.

그럼 그 8백 냥도 내가 가져야겠다.'

이렇게 생각한 노인은 신발 장수의 얼굴을 살피며

태연하게 말했습니다.

"음, 나 같으면 아무도 믿지 않겠소. 그러니 5백 냥짜리

자루를 묻은 곳에 8백 냥짜리 자루도 함께 묻는 것이 백 번

나을 것 같구려. 그게 더 안전하지 않겠소?"

노인의 이야기를 들은 신발 장수는 고개를 끄덕이며

감사의 인사를 드렸습니다.

"고맙습니다, 어르신. 말씀을 듣고 보니 그게 더 좋겠군요.

꼭 어르신 말씀대로 하겠습니다."

신발 장수는 공손히 인사를 하고 돌아갔습니다.

"히히히, 저런 멍청한 신발 장수 좀 보게나. 조금 있으면

난 8백 냥까지 공짜로 얻을 수 있겠구먼. 지금 이러고 있을

때가 아니지. 나무 밑을 파 보았다가 돈이 없어진 것을 알면

8백 냥을 묻지 않을 거야. 그러니 아무 일도 없었던 것처럼

얼른 이 돈을 있던 곳에 묻어야겠군."

신발 장수가 멀리 간 것을 확인한 노인은 얼른 5백 냥이 든

돈 자루를 꺼내 집 앞 나무 밑에 다시 묻었습니다.

하지만 신발 장수는 먼 곳에 숨어서 이것을 다 지켜보고

있었답니다.

노인이 돈 자루를 다시 묻고 집으로 돌아가자 신발 장수는
아무것도 모르는 척 시치미를 떼고 그 나무 밑을 파기
시작했습니다. 물론 5백 냥이 든 돈 자루는 고스란히
그 곳에 있었지요. 신발 장수는 그 돈 자루를 찾아 들고
유유히 집으로 돌아갔답니다.

담장의 구멍을 통해 몰래 그것을 엿보던 노인은 자기가
속은 것을 알고 발만 동동 굴렀답니다.

해설 | 참 지혜로운 신발 장수지요? 신발 장수가 그 노인에게 돈 자루를 내놓으라고 마구 다그치거나
힘으로 협박했다면 아마 그 돈은 찾지 못했을지도 모릅니다. 이처럼 지혜는 그 어떤 어려움에 닥쳤을
때라도 문제를 잘 해결할 수 있는 큰 힘이 된답니다.

사자와 두루미

사자는 사냥을 아주 잘 하기로 소문난 짐승입니다.

그래서 이 숲 속에서도 사자라면 모두들 벌벌 떨었답니다.

잘못했다가는 사자 밥이 되고 마니까요.

오늘도 사자는 노루 한 마리를 사냥해서 맛있게

먹고 있었습니다.

"쩝쩝쩝, 노루 고기는 언제 먹어도 참 맛있어."

노루 고기를 거의 다 먹었을 때였어요.

"아야! 캑캑캑!"

사자가 갑자기 목을 감싸쥐더니 큰 소리로 울부짖으며

데굴데굴 뒹굴기 시작했습니다.

"아이고, 사자 살려!"

아주 큰 사슴의 뼈가 목구멍에 콱 걸리고 말았으니 제아무리
잘난 동물의 왕이라도 얼마나 아팠겠어요.

뼈를 빼내려고 아무리 발버둥쳐 보아도 모두
헛수고였습니다. 오히려 그럴수록 뼈는 더 깊이 박히는 것
같았지요.

사자는 하는 수 없이 이렇게 말했습니다.

"내 목에 걸린 사슴 뼈를 빼내 주는 자에게는 아주 큰 상을
내리겠다."

하지만 아무도 선뜻 나서지를 못했어요. 잘못했다가
사자에게 잡아먹히기라도 하면 큰일이잖아요.

그런데 그 이야기를 들은 두루미가 겁도 없이 사자 앞으로
나섰습니다.

"사자님, 제가 한번 해 볼까요?"

"두루미야, 네가 할 수 있단 말이지? 캑캑캑! 어서 해 보아라.
더 이상은 못 참겠구나."

"그럼요, 사자님. 상은 꼭 주시는 거죠?"

"알았다, 알았어. 빨리 뼈나 꺼내라니까."

"네, 알겠습니다요. 사자님, 이제 입을 아 하고 크게 벌려
보십시오."

사자는 두루미가 시키는 대로 입을 좌악 벌렸습니다.

와! 사자의 입은 정말 컸습니다. 게다가 날카로운 이빨들은
보기만 해도 등골이 오싹해질 정도로 무서웠지요.

그런데 두루미는 겁도 없이 그 큰 사자의 입 속에 머리를
쑥 집어넣었습니다. 그리고 길고 뾰족한 주둥이로
뼈를 간단하게 쏙 꺼냈답니다.

의기양양해진 두루미가 사자에게 뽐내며
거만스럽게 말했습니다.

"자, 이제 약속대로 상을 줘요. 어서요."

사자는 두루미의 말하는 태도가 몹시 눈에 거슬렸습니다.
그래서 상 줄 생각은 않고 버럭 화를 내며 이렇게
말했답니다.

"넌 이미 상을 받았다. 내 입에다 머리를 들이밀고도 살아서
나왔으니 그게 바로 네게 주는 상이다. 이렇게 위험한
상황에서도 무사히 살아 나왔다는 것이 자랑스럽지 않느냐?
이보다 더 큰 상은 없을 것이다. 알았으면 어서 썩 가거라."

사자는 날카로운 이빨과 발톱을 내보이며 두루미에게

겁을 주었습니다.

사자의 말을 들은 두루미는 그제야 퍼뜩 정신이 들었습니다.

두루미는 이제 상 같은 건 미련도 없었어요. 걸음아

날 살려라 하고 도망가기도 바빴으니까요.

해설 | 후유, 그 정도에서 끝났으니 참 다행이지요? 약속한 상은 못 받았지만 목숨은 구했으니까요.
두루미는 자신이 아주 위험한 상황에 처했다는 사실은 까맣게 모른 채 상을 주지 않는다고 불평만
했습니다. 만약 사자의 이야기를 듣고도 약속한 상을 내놓으라고 계속 버텼다면 아마 두루미는 사자 밥이
되고 말았겠지요. 약속을 안 지킨 사자가 나쁘긴 하지만 두루미처럼 그래도 가장 귀한 목숨을 건졌으니
다행이라고 자신을 위로할 줄 아는 지혜도 필요하답니다.

착한 행동

작고 예쁜 배 한 척이 물 위에 떠 있었습니다.

그 배 안에서는 어떤 부부가 두 아들과 함께 평화롭게

낚시를 하고 있었어요.

"아빠, 저는 이렇게 낚시를 할 때가 제일 좋아요."

맏아들이 즐거워하며 말했습니다.

"저도요."

작은아들도 지지 않고 말했어요.

이 가족은 이렇게 함께 모여 무엇이든 하는 것을 참

좋아했어요. 또 이렇게 즐거운 시간을 보낼 수 있다는 것에 대해 항상 감사하는 것도 잊지 않았답니다.

어느덧 여름이 다 가고 있었습니다. 더 이상 호수에서
낚시를 할 수 없는 계절이 된 거예요.

아버지는 배를 뭍으로 끌어올렸습니다. 잘 손질을 해 두어야
내년 봄에 또 낚시를 할 수 있을 테니까요.

"아니, 이게 뭐야? 구멍이 났잖아?"

청소를 다 마친 아버지는 배 밑바닥에 조그만 구멍이 난
것을 발견했습니다.

"겨울에는 이 배를 사용하지 않으니까 내년 봄에 고쳐도
괜찮을 거야."

이렇게 생각한 아버지는 배를 그냥 내버려 두었습니다.

하지만 색을 칠하는 사람에게 부탁해서 배에 색을 칠하는
일은 미리 해 두었답니다.

이듬해 봄이 되었습니다.

"야! 신난다. 우리 낚시하러 갈래?"

두 아들은 다시 낚시를 하러 갈 생각에 펄쩍펄쩍 뛰며
좋아했습니다.

"아빠, 우리 저 배 타고 낚시하러 가요, 네?"

하지만 아버지는 지금 다른 급한 일이 있었어요. 그래서

함께 낚시를 할 수가 없었지요.

"얘들아, 아빠는 지금 몹시 바쁘단다.

그러니 오늘은 너희들끼리 하는 게 어떻겠니?"

"아쉽지만 그렇게 할게요."

두 아들은 배를 끌고 호수로 나갔습니다.

아버지는 하던 일을 계속 하느라 정신이 없었답니다.

시간이 얼마나 흘렀을까요? 아버지에게 갑자기 생각난 것이 있었어요.

"구멍! 그 배에 구멍이 났는데!"

그제야 배에 난 구멍이 생각난 거예요. 봄에 고치기로 하고 미뤄 두었던 것이지요.

아버지는 헐레벌떡 호수로 뛰기 시작했습니다.

"그 아이들은 아직 너무 어린데. 게다가 수영도 서툴단 말이야. 하느님, 맙소사!"

아버지는 죽을 힘을 다해 뛰고 또 뛰었어요.

그런데 이게 어찌 된 일일까요? 두 아들이 호숫가에서 씩씩하게 걸어 나오고 있지 않겠어요. 아버지는 두 아들을 부둥켜안았습니다.

"어디 다친 데는 없니? 너희들 괜찮은 거야?"

두 아들은 어리둥절했습니다. 아버지가 왜 이러시는지 알 수가 없었거든요.

"아빠, 왜 그러세요? 무슨 일 있었어요?"

그제야 아버지도 두 아들을 살펴보며 아무 일도 없었다는
것을 깨달았습니다.

"얘들아, 사실은 너희들이 타고 간 배에 구멍이 나
있었거든. 내가 수리해 놓는다는 걸 깜빡 잊어버렸구나.
배에 물이 들어와서 곤란했을 텐데 어떻게 물 한 방울도
젖지 않고 무사히 나올 수 있었지?"

아버지는 안도의 한숨을 내쉬었지만 한편으로는 몹시
궁금했습니다.

"구멍요? 그런 것은 없었어요. 그러니 물이 새어들어 오지도
않았고요."

"아니야, 그럴 리가 없어. 작년에 내가 똑똑히 보았는걸.
구멍이 난 걸 말이야."

아버지는 아들의 말이 도저히 믿어지지 않았어요. 그래서
배를 묶어 둔 곳에 가서 직접 확인해 보았습니다.

그런데 정말 아들의 말대로 배에 나 있던 구멍이 감쪽같이
없어졌지 뭐예요. 누군가 물이 새지 않도록 막아 놓았던
거예요.

'이게 어떻게 된 일이지?'

아버지는 영문을 알 수가 없었습니다.

한참을 생각해 보던 아버지는 조금 짚이는 데가 있었어요.

'그래, 그 사람이 했을 거야. 작년에 이 배에 색을 칠했던 사람말고는 아무도 이 배를 만지지 않았으니까.'

아버지는 정성스럽게 선물을 준비해서 배에 칠을 했던 그 사람을 찾아갔습니다.

그 사람은 아버지를 반갑게 맞아 주었습니다.

"어서 오세요. 그런데 이 선물은 뭡니까? 저는 당신의 배를 칠해 드리고 품삯도 다 받았는데요."

"아닙니다. 제가 부탁을 드린 것도 아니었는데 당신이 제 배에 난 구멍을 알아서 막아 주셨기 때문에 오늘 전 두 아들을 다시 품에 안을 수 있었습니다. 정말 감사합니다. 당신은 두 아이의 목숨을 구해 준 은인이십니다."

아버지는 몇 번이고 그 사람에게 감사의 인사를 했습니다.

"자꾸 이러시면 오히려 제가 부끄러워집니다. 저는 그저 제가 하는 일에 최선을 다할 뿐인걸요."

그 사람은 일만 잘 하는 것이 아니라 겸손의 미덕도 함께 갖춘 훌륭한 사람이었답니다.

해설 | 배에 칠을 하다가 발견한 작은 구멍 하나를 막아 주는 것이 어쩌면 간단하고 쉬운 일일지도 모릅니다. 하지만 그것이 이처럼 사람의 목숨을 구하는 엄청난 일이 될 수도 있답니다. 우리가 행하는 착한 행동들이 아주 작을지라도 꼭 필요한 곳에서는 굉장히 큰 도움이 될 수 있다는 것 잊지 마세요.

나눌수록 많아지는 것

어느 마을에 농사를 아주 크게 짓는 농부가 있었습니다.

그 농부는 이 마을에서 인심이 좋기로 소문난 사람이었어요.

"들어오세요, 랍비님. 요즘은 왜 통 들르지를 않으셨습니까?
기다리고 있었는데요."

오늘도 그 농부는 생활이 어려운 랍비 한 분을 모시고
집으로 왔습니다. 물론 랍비가 갈 때 많은 곡식을 싸 보내는
것도 잊지 않았지요. 그는 랍비뿐만이 아니라 생활이 어려운
사람들을 도와 주는 데 항상 앞장서곤 했습니다.

도와 줄 때도 받는 사람이 미안해하지 않도록 세심한 배려를

할 정도로 생각이 깊은 사람이었어요.

그러던 어느 날이었습니다.

그 마을에 큰 폭풍우가 몰아쳤습니다. 얼마나 무서운 기세로
달려드는지 사람들은 그저 보고 있을 수밖에 없었습니다.
덕분에 그 해 농사는 모두 엉망이 되어 버렸지요.

그 마을에서 제일 큰 농장을 가지고 있던 그 농부가 많은
피해를 본 것은 두말할 필요도 없는 일이었지요.

"이거 큰일이군. 농사를 다 망쳤으니 올해는 생활이 아주
어려워지겠는걸. 하지만 그렇게 무서운 폭풍우 속에서도
이렇게 아무도 다치지 않았으니 그것만으로도
감사해야겠지. 게다가 난 가축들도 많으니 어떻게든 살아갈
수가 있지 않은가. 아무것도 없는 다른 사람들이 참
걱정이구면."

그 농부는 그 해 농사를 몽땅 망쳤는데도 오히려 다른
사람들을 더 걱정해 주었답니다.

그런데 얼마 후였어요. 그 마을에 아주 무서운 전염병이
돌기 시작했습니다.

그 농부의 가축들도 전염병을 피할 수는 없었지요. 한
마리도 남지 않고 모두 병에 걸려 죽고 말았답니다.

"여보, 이 일을 어쩌면 좋아요?"

농부의 아내가 한숨을 폭 내쉬며 말했습니다.

농부는 아내를 따뜻하게 안아 주며 위로했어요.

"너무 걱정 말아요. 가축은 다 잃었지만 당신과 내가 이렇게 무사하니 얼마든지 다시 일어날 수 있지 않겠소. 게다가 우리에겐 집도 있고 땅도 있으니 어서 기운을 냅시다."

그런데 이렇게 겨우 기운을 좀 차릴 만한 때였어요. 밖에서 왁자지껄 소란한 소리가 들려왔습니다. 여러 사람이 몰려와 떠들고 있었던 거예요. 바로 그 농부에게 돈을 빌려 주었던 빚쟁이들이었습니다.

농부에게는 빚이 좀 있었어요. 가축 사료도 사고 농사 짓는 데 필요한 비료도 사느라고 돈을 먼저 좀 융통해서 쓴 거지요. 그 돈은 가을에 추수하면 갚기로 하고 빌렸던 돈이랍니다.

농부는 워낙 신용이 좋았기 때문에 돈을 쉽게 빌릴 수가 있었습니다. 그런데 농부가 올해 농사도 망친데다가 가축까지 모두 잃었다는 소문이 퍼지자 빚쟁이들이 가만 있지 않았어요.

혹시라도 돈을 못 받게 될까 봐 이렇게 농부의 집으로

몰려와 돈 대신 집과 땅을 내놓으라고 아우성이었답니다.

마음씨 착한 농부는 집과 땅을 선뜻 내놓았습니다.

빚쟁이들은 농부의 집과 땅을 나누어 갖고서야 겨우

돌아갔습니다.

하지만 농부는 실망하지 않았어요. 집안 대대로 내려오는

조그만 땅이 남았으니까요.

"이 모든 것은 하느님께서 주신 것이니 다시 하느님께서

가져가시는 게 당연하지."

농부는 이렇게 말할 뿐이었습니다.

그런데 아무것도 모르는 랍비들이 도움을 좀 받을

생각으로 그를 찾아왔습니다.

하지만 그의 사정이 아주 딱하게 된 것을 보고는
모두 그를 위로해 주었답니다.

농부의 아내가 말했습니다.

"우리는 그 동안 랍비님들에게 헌금을 하여 학교를 세우고
회당의 살림을 도왔습니다. 또한 가난한 사람들이나
늙은이들을 위해 쓰도록 도왔는데 올해는 아무것도 드리지
못하게 되었으니 어쩌지요?"

랍비들이 대답했습니다.

"아니, 괜찮습니다. 그것보다도 저희가 아무 도움도 되지
못해 죄송하군요."

그 때 농부가 아주 밝은 얼굴로 이렇게 말했답니다.

"잠시만 기다려 주십시오. 절대로 랍비님들을 그냥 보낼 수는
없습니다."

이렇게 말하고 나간 농부는 얼마 후 약간의 돈을 구해 와
랍비들에게 주었습니다.

"아니, 이런 돈이 어디서 났습니까?"

랍비들이 놀라서 묻자 농부는 겸손하게 대답했어요.

"제게는 조상 대대로 내려오는 조그만 땅이 있습니다. 그
땅의 절반을 팔았습니다. 저는 나머지 땅만으로도 충분히

먹고 살 수 있으니 이 돈은 저보다 더 어려운

사람들을 위해 써 주세요."

랍비들은 농부의 착한 마음씨에 감명을 받아 그 돈을 사양할

수가 없었습니다. 그래서 돈을 가져가 좋은 일에 썼지요.

한편 농부는 나머지 땅이 있는 곳으로 이사를 갔어요.

그 곳에서 아주 열심히 일을 했습니다.

그러던 어느 날이었어요. 밭을 갈던 소가 그만 푹 쓰러지고

말았어요. 너무 과로를 한 모양이었습니다.

농부는 얼른 뛰어가 소를 살펴보았습니다.

"이런, 쯧쯧! 내가 너를 너무 힘들게 했나 보구나. 어디 다친

데는 없니?"

그런데 소를 살펴보던 농부는 깜짝 놀랐어요.

소의 발 밑에 아주 큰 보석이 찬란하게 빛나고 있었거든요.

농부는 그 보석을 팔아 빚쟁이들에게 넘어갔던 집과 땅을

다시 샀습니다. 농부는 다시 부자가 되었지요.

다음 해 랍비들이 다시 그를 찾아왔습니다. 랍비들은 그가

아직도 어려운 생활을 하고 있을 것이라고 생각하고 그

조그만 땅이 있는 곳으로 갔답니다.

하지만 랍비들은 그 농부를 만날 수가 없었지요.

농부는 이제 그 곳에서 살지 않았으니까요.

마을 사람들이 전해 주는 이야기를 들은 랍비는

그가 처음에 살던 농장으로 찾아갔습니다.

그 농부는 오늘도 랍비들을 반갑게 맞아 주었답니다. 그리고

자신이 작년에 겪었던 일들을 이야기하며 즐거워했습니다.

그 농부는 랍비들에게 이런 이야기를 했대요.

"자신이 가진 것을 다른 사람들과 아낌없이 나누면

반드시 더 많은 것이 돌아오지요."

해설 | 아무리 가진 게 없는 것처럼 보이는 사람도 남을 돕지 못할 만큼 가난한 사람은 없습니다. 꼭 돈을 가지고 하는 일이 아니더라도 남을 도울 수 있는 일은 우리 주변에 아주 많기 때문이지요. 이처럼 사랑은 나누면 나눌수록 더 큰 사랑이 되어 자신에게 돌아온답니다.

유대인을 산 유대인

잔잔한 바다 위를 유람선 한 척이 달리고 있었습니다.

배 안에는 많은 사람들이 타고 있었어요.

로마 사람, 희랍 사람, 페니키아 사람 등 여러 나라에서 온

사람들이 함께 여행을 하고 있었습니다. 그 안에는

유대인도 한 명 있었어요.

"참 아름답군요."

바다 한가운데서 해가 지는 모습을 보는 것은

아주 색다른 즐거움이었습니다.

사람들은 모두 탄성을 질렀습니다.

사람들은 춤을 추기도 하고 술을 마시기도 하며
즐거운 한때를 보내고 있었지요.
한창 분위기가 무르익을 무렵이었어요.
'쾅! 쾅!'
어디선가 대포 쏘는 소리가 들렸습니다.
"이게 무슨 일이지요?"
"어머나, 저, 저기 좀 보세요. 해적선이에요."
바다 저 쪽에서 무시무시한 해적선이 나타난 거예요.
사람들은 어떻게 해야 할지 몰라 우왕좌왕하기만 했답니다.
결국 별다른 저항도 못 해 본 채 배는 해적들의 손에 넘어가
버리고 말았습니다.
사람들은 가지고 있던 돈과 보석을 모두 빼앗겼어요. 게다가
빈털터리가 된 사람들은 노예 시장에 팔리는 처량한 신세가
되고 말았답니다.
노예가 된 사람들은 저마다 적당한 값이 매겨진 채 노예를
사려고 모여든 사람들 앞에 끌려나왔어요.
제일 먼저 몸집이 아주 우람한 로마 청년이 끌려나왔습니다.
그는 곧 공사장의 인부로 팔려 갔습니다.
다음은 아름다운 희랍 여자였어요. 그 여자는 어느 부자의

몸종으로 팔려 갔지요.

그렇게 해서 노예가 된 사람들이 모두 팔려 가고 마지막으로
유대인 청년이 나왔습니다. 노예 상인은 크게 외쳤습니다.

"이 사람은 유대인입니다. 보시다시피 몸도 아주 건강하고
성품도 좋아서 일도 아주 잘 합니다. 자, 누가
사시겠습니까? 이런 노예를 놓치면 두고두고 후회할
겁니다."

그러자 어떤 젊은이가 외쳤습니다.

"내가 사겠소. 금화 열 냥이면 되겠소?"

그런데 그 때까지 한쪽 구석에서 아무 말도 없이 앉아 있던
한 노인이 벌떡 일어서며 이렇게 외치는 거였어요.

"금화 열두 냥을 내겠소. 내게 파시오."

하지만 젊은이도 지지 않았습니다.

"난 금화 열다섯 냥을 내겠소."

노인은 굳은 얼굴로 무슨 일이 있어도 그 유대인 청년을
사겠다는 듯이 외쳤습니다.

"금화 스무 냥이오."

이렇게 해서 그 유대인 청년의 몸값은 자꾸 올라갔습니다.
결국 유대인 청년은 금화 오십 냥이라는 큰 돈에 노인에게

팔렸습니다.

노인은 유대인 청년을 데리고 그 곳을 빠져 나왔습니다.

얼마나 갔을까요?

"자, 이제 당신은 자유의 몸이오. 어서 가시오."

노인이 청년에게 이렇게 말했습니다.

"네? 저를 풀어 주시는 건가요?"

청년은 너무 놀라 되물었습니다.

"그렇소이다. 어서 당신의 집으로 가서 부디 행복하게
사시오."

노인은 그가 무사히 집으로 돌아갈 수 있도록 차비까지
주었습니다.

청년은 눈물을 뚝뚝 흘리며 몇 번이고 고맙다는
인사를 했습니다.

"고맙습니다. 정말 고맙습니다. 절대로 어르신을
잊지 않겠습니다."

청년은 눈물을 닦으며 돌아서 갔습니다.

그런데 잠시 후 청년이 다시 노인에게 뛰어왔습니다.

"그런데 어르신, 그렇게 많은 돈을 주고 저를 사셨는데
왜 풀어 주시는 거죠?"

노인은 대답 대신 그 청년의 팔을 꼬집었습니다.

"아야! 어르신, 갑자기 왜 이러시는 겁니까?"

아픈 팔을 문지르며 청년이 소리쳤습니다. 그러자 노인이
껄껄껄 웃으며 이렇게 대답했어요.

"하하하, 많이 아픈 모양이구먼. 미안하네. 살짝 꼬집는다는
게 그만 그렇게 되었구먼. 젊은이, 나도 유대인이네.
유대인은 한 몸과 같은 거지. 팔이 다치면 팔만 아픈 건
아니거든. 온몸이 그 아픔을 함께 느끼게 되지. 우리도
마찬가지라네. 같은 동포의 고통을 그냥 지나쳐서는 안 되네.
어떤 대가를 치르더라도 말일세. 난 당연히 해야 될 일을
한 것 뿐이라네. 그러니 어서 가 보게나."

"네, 잘 알겠습니다. 이 은혜를 꼭 갚기 위해서라도
열심히 살겠습니다."

청년은 노인의 말에 깊이 깨달은 것이 있었습니다. 그래서
집으로 돌아간 후에 청년은 정말 열심히 일하며 살았답니다.
청년은 많은 돈을 벌었습니다. 그리고 그 돈은 어려운
유대인을 돕는 데 모두 썼답니다.

해설 | 이런 정신이 있었기 때문에 유대인들은 그 어떤 어려움 속에서도 나라를 지키며 살 수 있었습니다.
우리가 북한 동포를 도와야 하는 이유도 바로 그런 것입니다. 북한 동포는 우리와 한 몸이니까요.

형제

어느 마을에 사이좋은 형제와 아버지가 살고 있었습니다.
그런데 아버지에게 고민이 있었습니다. 큰아들은 결혼을
하여 아내와 자식까지 두고 단란한 가정을 꾸리고 있었지만,
둘째는 나이가 차도록 결혼을 하지 못하고 있었습니다.
아버지는 세상을 떠날 때가 되자 두 아들을 불러 앉히고
말했습니다.
"너희 둘에게 나의 재산을 물려주겠다. 지금처럼
언제까지나 사이좋게 지내거라."
그러고 나서 아버지는 눈을 감았습니다.

형제는 하나같이 아주 착하고 부지런한

농사꾼이었습니다. 둘은 물려받은 재산을 똑같이

나누어 가졌습니다.

가을이 되었습니다. 형제는 수확한 사과와 옥수수를

똑같이 나누어 각자의 몫을 자신들의 곳간에

저장하였습니다. 그러나 날이 어두워지자 동생은 아무도

몰래 자신의 곳간으로 갔습니다. 동생은 많은 양의 곡식을

형의 곳간에 옮겨다 놓으며 생각했습니다.

'형님은 딸린 식구가 많아 식량이 부족할 거야.

내 몫을 좀 덜어 드려야지.'

그런데 그 날 밤, 형도 슬그머니 자신의 곳간으로

향했습니다.

'나는 아내와 자식들이 있으니 늙어서도 별 걱정이

없겠지만 동생은 혼자뿐이니 충분히

저축해 놓아야 할 거야.'

형은 이렇게 생각하고는 자기 몫을 떼어 동생의

곳간에 옮겨 놓았습니다.

다음 날 아침, 각기 자기 곳간을 본 형제는

깜짝 놀랐습니다.

"아니, 이게 어떻게 된 일이야?"

웬일인지 곡식이 조금도 줄지 않고 그대로 남아 있었던
것입니다.

이상한 일은 하루로 끝나지 않았습니다. 다음 날 밤에도
또 그 다음 날 밤에도 계속되었습니다.

그러던 어느 날이었습니다. 두 형제는 전날 밤과 같이
자기 몫을 떼어 상대방의 곳간으로 나르다가
그만 중간에서 맞부딪쳤습니다.

"아니 형님, 이 밤에 어쩐 일이세요?"

"너야말로 어떻게 된 일이냐?"

자초지종을 알게 된 형제는 서로를 부둥켜안고
울었습니다. 서로를 얼마나 아끼고 있는지를
다시 한 번 깨닫게 되었던 것입니다.

형제가 부둥켜안고 울었던 곳이 지금도 예루살렘의
가장 고귀한 장소로 남아 있답니다.

해설 | 이 이야기는 가족의 사랑이 얼마나 값진지, 또 세상을 살아가는 데 얼마나 큰 힘이 되는지 말해
줍니다. 가족의 사랑과 바꿀 만한 것은 이 세상 어디에도 없습니다. 지금 이 순간, 사랑하는 가족의
얼굴을 떠올려 보세요. 그리고 사랑한다고 말해 보세요.

작별 선물

어떤 사람이 사막을 여행하고 있었습니다. 그는 긴 여행을
계속한 탓에 몹시 지쳐 있었고 굶주림과 갈증에 시달리고
있었습니다. 더 이상 한 걸음도 옮길 수 없을 만큼 지쳤을
때였습니다. 그의 눈 앞에 믿을 수 없는 광경이
펼쳐졌습니다. 오아시스였습니다.
"아! 이게 꿈인가 생시인가."
게다가 오아시스 옆에는 커다란 과일 나무가 넓은 그늘을
드리우고 서 있었습니다.
그는 그 곳에 닿기가 무섭게 허겁지겁 나무 열매를 따 배를

채웠습니다. 그러고는 시원한 물로 갈증을 풀고 나서야
비로소 정신이 들었습니다.

"아, 이렇게 달콤한 휴식이 또 있을까!"

시간이 얼마나 지났을까? 그는 여행을 계속하기 위해
다시 길을 떠나야 했습니다. 떠나기 전에 그는 시원한
그늘을 만들어 주고 굶주린 배를 채우게 해 준 나무에게
감사의 작별 인사를 했습니다.

"나무야, 지친 나를 편히 쉬게 해 주어서 정말 고맙구나.
무어라 고마운 마음을 전해야 할지 모르겠다. 네게 맛있는
열매가 맺히기를 빌고 싶지만, 네 과일은 이미 충분히 달고
맛있구나. 시원한 그늘을 만들라고 빌고 싶지만, 네 그늘은
이미 충분히 시원하구나. 네가 더욱 잘 자라도록 충분한
물이 있기를 빌고 싶지만, 너에게는 이미 잘 자랄 수 있을
만큼 충분한 물이 있구나. 그러니 내가 너를 위해 빌 수 있는
것은 오직 한 가지뿐이구나. 네가 더욱 많은 열매를 맺어,
그 열매가 너와 똑같이 아름답고 훌륭한 나무로 자라길
빌어 주마."

해설 | 누군가에게 무엇인가를 빌어 주고 싶을 때가 있습니다. 그가 현명해지기를 빌고 싶어도 이미
현명하고, 부자가 되기를 빌고 싶어도 이미 넉넉한 부자이고, 남들로부터 사랑받는 사람이 되기를 빌고
싶어도 이미 많은 이에게 사랑받는 사람일 때, 작별 인사를 어떻게 하는 것이 좋을까요? '부디 당신의
자녀들이 당신처럼 훌륭한 사람이 되기를 빕니다.'라고 말하는 것보다 좋은 인사는 없답니다.

유대인의 생활

'유대인의 생활'에서는 빅터 솔로몬이 쓴
『탈무드의 생활 방식』중 우리 어린이들에게
도움이 될 만한 부분을 가려 뽑아 어린이들이 이해하기
쉽도록 새롭게 엮어 보았습니다. 유대인의 삶 속에
흐르는 강인하고 지혜로운 정신과 그들의
생활 모습을 배움으로써 우리 어린이들이 더욱
지혜로운 미래의 주인공으로 자랄 것입니다.

지혜로운 유대인

지식은 국력

우리는 국력이라는 말을 많이 사용합니다. 그럼 국력이란 무엇일까요? 한 마디로 '그 민족이 가지고 있는 힘'을 말합니다. 그런데 국력을 키우려면 어떠한 조건들을 갖추고 있어야 할까요?

첫째가 인구입니다. 중국은 12억이 넘는 인구를 가지고 있습니다. 이처럼 인구가 많다는 것만으로도 전세계가 무시하지 못할 힘을 발휘할 수가 있는 것이지요.

둘째는 천연 자원입니다. 나무나 석유 같은

천연 자원을 많이 가지고 있다면 그 민족은 힘을
키울 수 있는 조건을 갖춘 셈이지요. 그러나 천연 자원은
별로 없지만 과학 기술 등을 활용함으로써 천연 자원의
부족을 잘 보충하여 힘을 키우는 나라도 있습니다.
셋째는 지리적 조건입니다. 우리 나라처럼 삼면이 바다로
둘러싸여 있는 나라는 육지에서 다른 나라와 부딪히면서
자신을 지키는 나라들과는 형편이 다릅니다. 지리적 영향은
민족의 힘을 키우는 데 큰 의미를 가지고 있습니다.
그럼 인구도 적고 천연 자원도 거의 없으며
국토도 없었던 유대인들은 아주 힘이 없는 민족일까요?
전혀 그렇지 않답니다. 왜냐하면 유대인에게는 풍부한
지식이 있기 때문이지요. 아무리 인구가 많고 천연 자원이
많더라도 그 민족에게 지식이 없다면 나라의 힘을
키우는 데 어려움이 많을 수밖에 없답니다.
물질은 강한 자에게 빼앗길 수 있지만 지식은 어떤
상황에서도 지킬 수 있는 소중한 자원입니다. 유대인들은
어떤 상황에서도 버리지 않고 지켜 온 교육 자원, 즉
뛰어난 두뇌가 있었기에 그 어려운 조건 앞에서도
오늘날의 이스라엘을 이룩할 수 있었답니다.

진실한 유대인

유대인은 하나의 실뭉치

유대인들은 비록 전세계에 흩어져 살고 있더라도 한 사람 한
사람이 잘 짜여진 옷감의 한 올 한 올이라고 생각하고
있습니다. 서로가 떨어져서는 살 수 없다는 것이지요.
따라서 유대인들은 '모든 유대인은 한 덩어리다.' 라고
말하고 있답니다.

만약 누군가 죄를 지으면 그 책임을 그 죄인이 속해 있는
사회가 함께 책임져야 한다고 생각하지요. 즉 사회가 한
사람 한 사람에게 바른 행동을 하도록 인도해야 한다는

뜻입니다. 그래서 유대인들은 자선 행위를 강조하곤
한답니다.

유대인들의 이러한 생각을 『탈무드』에서는 이렇게 적고
있습니다.

'만일 부모가 자식을 올바로 교육시키지 못하였거나 올바른
교육 환경을 제공하지 못하여 저지른 죄는 사회 전체가 져야
하며 자식에게만 추궁할 수 없다.'

같은 민족이 한 형제요 가족처럼 서로 사랑하며 지켜 줄 때
그 민족의 미래가 더욱 튼튼하고 밝아진다는 것은 두말할
필요도 없겠지요?

또한 구약 성서 중 「창세기」를 보면 하느님이 이 세상을
만드시고 흙으로 최초의 사람인 '아담'을 만드셨다고 적고
있습니다. 인류의 시작을 하느님이 만든 아담이라고
말함으로써 유대인이든 아니든, 백인이든 흑인이든, 남자든
여자든 모두 한 형제임을 강조합니다.

유대인뿐만 아니라 인류 모두가 한 형제라고 생각하는
유대인들은 평화를 중요하게 여깁니다. 형제들끼리 싸우는
것은 하느님의 가르침을 거역하는 것이니까요. 그래서
유대인들의 인사는 평화라는 뜻의 '샬롬'이랍니다.

유대인의 교육

세 살 때부터 배우는 유대인

나라를 잃고 세계 곳곳에 흩어져 살던 유대인이 2000년
동안 온갖 박해를 받으면서도 참고 살아남을 수 있었던 가장
큰 힘은 바로 교육입니다.

유대인은 아이가 세 살이 되면 반드시 『탈무드』를 공부하게
합니다. 아이에게 처음으로 『탈무드』를 읽힐 때 부모는
반드시 꿀물 한 방울을 책장에 떨어뜨립니다. 그러고는
아이가 거기에 입을 맞추게 하지요. 그렇게 함으로써
아이들은 『탈무드』에 애착을 가지게 되는 것입니다.

또한 부지런히 배우는 것이 살아가는 데 얼마나 소중한
일인지도 배우게 된답니다.

그럼 『탈무드』에 대해 잠깐 알아보고 가는 게 좋겠네요.
『탈무드』는 수만 명의 랍비들이 여러 가지 문제들에 대해
토론한 내용과 거기서 얻은 결론을 책으로 엮은 것입니다.
그 시기는 기원전 500년에서 기원후 500년에 이르는
엄청나게 긴 세월이므로 그 내용 또한 아주 방대하답니다.
『탈무드』는 율법과 유대교에 대해서뿐만 아니라 인간
생활에 대해서도 전반적으로 다루고 있습니다.
일종의 백과 사전이라고도 할 수 있지요.

유대인들은 어려서부터 이 책을 배움으로써 무엇을 얻을 수
있을까요?

바로 어떤 문제에 부딪혔을 때 그 문제를 해결하는 방법을
찾는 힘을 기르게 된답니다. 유대인들의 속담에 '자식에게
물고기 한 마리를 주기보다는 물고기 잡는 법을
가르쳐라.' 라는 말이 있습니다. 자녀들의 곤란한 문제를
직접 해결해 주기보다는 그 문제를 해결할 수 있는 방법을
익힐 수 있도록 가르쳐야 한다는 말이지요. 이처럼
『탈무드』는 단순히 지식을 가르치기만 하는 것이 아니라

머리를 쓰는 법을 가르쳐 주는 것입니다.

따라서 유대인들은 『탈무드』를 일상 생활 속에서

매일매일 연구하고 공부하는 전통을 가지고 있답니다.

이와 같이 『탈무드』를 공부하는 습관이 일상 생활 속에

깊숙이 뿌리내림으로써, 유대인들은 정신적인

기둥이 되는 이 책을 통해 그 어떤 어려움도

참고 이겨 낼 수 있었던 것입니다.

책 한 권이 한 민족을 이렇게 지켜 낼 수 있다니,

배우고 익히는 것이 얼마나 중요한지 알겠지요?

승리하는 유대인

패배 속에서도 살아남는 유대인

이스라엘과 아랍 사이에 6일 전쟁이 일어났을 때입니다.

이스라엘을 여행하던 한 사람이 어떤 이스라엘 사람에게

물었습니다.

"이번 전쟁에서 누가 이길 것 같습니까?"

그러자 그 이스라엘 사람은 아주 자신 있는 목소리로

이렇게 대답하는 거예요.

"그야 물론 우리가 승리하지요."

여행자가 보기에는 그 이스라엘 사람이 너무 확신에

차 있는 것 같았습니다.

"아니, 이스라엘 사람을 모두 합해야 250만 명밖에
안 됩니다. 그러나 아랍의 인구는 1억 수천만 명이 넘지요.
이렇게 인구면에서도 이스라엘이 밀리는데 어쩌면
그렇게 이긴다고 확신을 하십니까?"

그러자 그 이스라엘 사람이 펄쩍 뛰며 말했습니다.

"왜 이스라엘 국민이 250만 명밖에 안 됩니까?
나치에게 학살된 600만 명이 더 있지 않습니까?"

이스라엘 사람의 말을 들은 여행자는 더 이상
반박할 말이 없었답니다.

여러분이 잘 알고 있는 것처럼 제2차 세계 대전 중
유대인들은 나치에게 강제로 끌려가 600만 명이나 되는
동포가 한꺼번에 목숨을 잃었습니다.

이것은 누가 보아도 아주 큰 패배라고 생각될 일이었지요.

그러나 유대인들은 그 600만 명이라는 동포의 죽음을
그냥 패배로 남겨 두지 않았습니다. 그들의 현재의
삶에 살아 있는 교훈으로 삼았기에 어려움을 딛고
다시 일어설 수 있었던 것입니다.

패배의 날을 기념하는 유대인

사람들은 대부분 기쁜 날이나 즐거웠던 일들을 기념하고 싶어합니다. 부끄러웠던 날이나 패배의 날을 기념일로 정하는 사람은 드물지요.

그러나 유대인들은 그들의 역사에서 부끄럽고 숨기고 싶은 날들을 기념일로 정해 놓고 현재도 계속 잊지 않으려고 노력한답니다.

유대인들에게는 유월절이라는 제삿날이 있습니다. 유월절은 유대인들이 이집트에 노예로 잡혀 있다가 탈출하여 유대로 돌아온 때를 기념하는 축제일입니다. 유월절이 되면 유대인들은 상징적인 음식 몇 가지를 준비한답니다.

우선 쓴 나물을 먹습니다. 이것을 먹음으로써 패배의 쓴맛을 잊지 않으려는 것입니다.

또한 효모가 들어 있지 않은 빵을 먹습니다. 이것은 유대인들이 이집트에 노예로 끌려가 있을 때 먹던 빵이었습니다. 이 빵을 먹으면서 민족의 수치였던 그 시절을 떠올리는 것이지요.

또다른 한 가지는 삶은 달걀입니다. 삶으면 삶을수록

단단해지는 달걀처럼 유대인도 어려움에 처하면 처할수록
똘똘 뭉쳐 내일에 대한 희망을 가지자고 다짐한답니다.
이처럼 유대인들은 유월절 식탁에 차려진 음식들을
먹으면서 노예 시절을 떠올립니다.
그러나 그보다 더 중요한 사실은 지난날의 노예 시절을
떠올리고 마는 것이 아니라 그것을 기념함으로써 내일의
교훈으로 삼는다는 데 있습니다.
지난날의 실수와 잘못을 쉽게 잊어버리는 민족은 그와 같은
실수를 또 할 수 있습니다. 하지만 실수를 되새기며 내일을
준비하는 민족은 반드시 승리하는 미래를 맞게 되겠지요.

칼보다 강한 지식

로마와 이스라엘이 전쟁을 하고 있을 때였습니다.
로마군과 유대인 모두 죽기를 각오하고 있었기 때문에
싸움은 아주 치열했답니다.
그런데 이스라엘의 예루살렘이 로마군에 의해 완전히
포위되고 말았어요. 이제 유대인들은 꼼짝없이
당하게 생겼지요.
그 때 예루살렘 성 안에는 벤 자카이라는 랍비가

있었습니다. 랍비는 생각했어요.

'우리가 이길 수 있는 방법이 뭘까?'

그러나 누가 보아도 군사적인 승리는 불가능한
상황이었습니다.

한참을 고민하던 랍비는 한 가지 방법을 생각해 냈습니다.

'바로 교육이다! 칼을 이길 수 있는 것은 교육을 통한
지식이야. 로마인들은 자식에게 칼을 물려주겠지만
우리 유대인들은 자식에게 지식을 물려주어야 한다.
마침내는 지식이 칼을 이길 테니까.'

그 당시에는 전쟁을 하면 이기는 쪽이 진 쪽을 마구
파괴하곤 했어요. 그러니 예루살렘 성도 완전히 쑥대밭이
될 때가 얼마 남지 않은 거지요.

'아이들을 교육시키려면 로마군 사령관을 만나야 한다.
하지만 성을 빠져 나갈 수가 있어야지.'

랍비는 다시 고민에 빠졌습니다.

로마군이 예루살렘 성을 완전히 포위한데다 유대인들도
혹시 성을 빠져 나가는 사람이 있을까 봐 철저히
감시하고 있었으니까요.

한참을 고민하던 랍비는 한 가지 좋은 꾀를 냈습니다.

랍비는 한 제자를 불렀습니다.

"부르셨습니까, 선생님?"

"지금 당장 사람들이 가장 많이 다니는 곳으로 가서
내가 아주 몹쓸 병에 걸렸다고 소문을 내 주게."

"네? 그게 무슨 말씀이십니까?"

영문을 모르는 제자는 어리둥절하였습니다.

"다 그럴 만한 이유가 있으니 어서 가서 시키는 대로
하게나. 될 수 있는 대로 소문이 빨리 퍼지도록
해야 한다네."

제자는 하는 수 없이 선생님이 시키는 대로
그 이상한 소문을 퍼뜨렸습니다.

"벤 자카이 선생님이 몹시 편찮으시대."

"그러게 말이야. 돌아가실지도 모른다는군."

소문은 눈덩이처럼 불어서 삽시간에 예루살렘
성 안에 쫙 퍼졌어요.

"아이고, 선생님이 돌아가셨대."

이제 랍비 벤 자카이가 아예 죽었다는 소문이
퍼져 나갔습니다.

그 소식을 들은 랍비는 제자에게 관을 준비하도록 했습니다.

그러고는 직접 그 관 속에 들어갔어요.

"어서 이 관을 들고 성 밖의 묘지로 가거라."

묘지는 성 밖에 있었습니다. 제자들은 랍비가 시키는 대로
정말 랍비가 죽은 것처럼 꾸며서 관을 들고
성 밖으로 나갔습니다.

성을 지키던 유대인들도 그 랍비가 죽었다는 소문을 들어서
알고 있었기 때문에 별 의심 없이 그들을 내보내 주었지요.

무사히 성 밖으로 나온 랍비 일행은 묘지로 가지 않았어요.
곧장 로마군 사령관을 찾아갔답니다.

"어서 오시오, 랍비."

사령관도 랍비의 명성을 이미 들어서 알고 있었기
때문에 랍비를 쉽게 만나 주었습니다.

그런데 랍비의 입에서는 아주 놀라운 말이 튀어나왔어요.

"황제 폐하, 안녕하셨습니까? 실은 부탁이 있어서
이렇게 찾아왔습니다."

랍비는 로마군 사령관을 황제라고 부르는 거예요.

"이게 무슨 소리요. 나를 황제라고 부르다니 말도 안 되오."

사령관은 너무 놀라 펄쩍 뛰었습니다.

바로 그 때였어요. 로마에서 한 군인이 숨을 헐떡이며

달려왔습니다.

"사령관님, 황제 폐하께서 돌아가셨습니다. 그리고
원로원에서 사령관님을 새 황제로 뽑았습니다."

그 소식을 들은 사령관은 아까보다 더 놀랐지요.

"랍비님, 어떻게 이런 일이 있을 것을 미리 아셨습니까?
정말 소문대로 대단하시군요. 무슨 부탁이신지 말씀만
하십시오. 제가 할 수 있는 일이라면 무엇이든
들어 드리지요."

랍비는 공손하게 부탁했습니다.

"이제 곧 로마군이 예루살렘 성을 정복하게 될 것입니다.
제 부탁은 다름이 아니라 그 때 예루살렘 성을 파괴하는 것은
어쩔 수 없는 일이지만 야프네 거리만은 그대로 남겨 달라는
것입니다. 들어 주실 수 있으시겠지요?"

사령관은 고개를 갸웃거렸습니다. 야프네 거리라면
아주 보잘것없는 고장이었으니까요. 더 중요한 곳을
보존하지 않고 그렇게 보잘것없이 작은 고장을
남겨 달라는 것이 좀 이상했습니다.

"그런 부탁이라면 얼마든지 들어 드리지요. 하지만 좀더 큰
부탁을 하셔도 들어 드릴 수 있을 텐데요."

그러나 랍비는 감사의 미소를 지으며 더 이상의
부탁은 하지 않았습니다.

"아닙니다. 그것만으로 제게는 아주 큰 도움이 된답니다."

사실 사령관이 미처 깨닫지 못한 것이 하나 있었어요.

바로 야프네 거리에는 많은 대학과 선생님들이
있다는 사실이지요.

얼마 후 예루살렘 성은 로마군에 의해 완전히
정복되었습니다. 성 안은 아주 쑥대밭이 되었지요.

모든 것이 불에 타고 약탈당하고 말았답니다.

그러나 약속대로 야프네 거리만은 화를 모면할 수
있었습니다. 덕분에 많은 선생님과 대학과 수많은
책들이 그대로 보존되었지요.

랍비는 그 거리에서 많은 아이들을 가르쳤습니다.

결국 훗날 랍비의 생각대로 유대인들은
로마 사람들을 이길 수 있었습니다.

그것은 로마 사람들은 자식에게 칼을 물려주었지만
유대인들은 지식을 물려주었기 때문에
가능한 일이었습니다.

여러분, 왜 지식이 칼보다 강한지 이제 알겠지요?

유대인의 믿음

온 가족을 묶어 주는 안식일

유대인에게는 안식일이 있습니다. 안식일은 매주 한 번씩
돌아오는데 금요일 해지는 때부터 토요일 해지기
직전까지를 안식일이라고 한답니다.

이 안식일 동안 유대인들은 움직이는 일은 전혀 할 수
없습니다. 음식도 만들 수 없기 때문에 전날 음식을
미리 다 만들어 역시 전날 피워 둔 난로 위에
식지 않도록 얹어 둡니다.

유대인들은 안식일을 가족의 날로 여깁니다. 모두들

그 날만큼은 가족과 함께 지내거든요.

여행 중이라든지 아주 특별한 경우를 제외하고는

꼭 가족과 함께 지내지요. 그래서 유대인들은

될 수 있는 한 안식일을 피해 여행이나 출장을

가도록 합니다.

안식일에는 온 가족이 모여 단란하게 이야기도 하고
기도하며 노래를 하곤 합니다.

유대의 어머니들은 안식일 전날 집 안을 아주 반들반들하게
청소해 놓습니다. 또한 특별한 요리를 만들기 위해 장을
보러 가지요. 집이 가난하더라도 이 날만큼은 좋은 재료를
사기 위해 신경을 쓸 정도입니다.

아버지는 안식일이 되면 집에 일찍 들어와
청결하게 몸을 씻습니다.

그리고 모두들 가지고 있는 옷 중에서 가장 좋은 옷을
꺼내 입지요. 온 가족은 함께 예배당에 갑니다. 그 곳에서
유대인들은 기도만 드리는 것이 아니랍니다. 그 지역에 사는
모든 유대인들이 모여 예배를 드리고 난 후에는 교육과
가족, 세계의 정치 등에 관한 이야기를 나눕니다.

집에 돌아오면 온 가족이 함께 식탁에 둘러앉습니다.

그럼 아버지가 안식일 기도를 드리지요.

새로 시작되는 한 주간이 더 좋은 시간이 되도록
가족과 함께 기원하는 것입니다.

식사 감사 기도를 드린 후에는 아버지가

가족 한 사람 한 사람의 잔에 포도주를 따르고
빵을 뜯어 나누어 줍니다.
이미 자라서 새로운 가정을 꾸려 출가한 자식들 몫의 빵도
뜯어서 식탁에 놓습니다. 그렇게 함으로써 집을 떠나 있는
형제들도 한 가족이라는 것을 잊지 않게 하려는 것이지요.
유대인들은 이러한 가족 의식을 유대인 모두에게로
확대시킵니다. 유대인은 모두가 한 곳에서 태어난 한
가족이라고 생각하는 것입니다. 이러한 생각은
세계 각처에 흩어져 있는 유대인들에게 서로가 연결되어
있음을 깨닫게 하지요. 또한 조상들과 현재의
유대인을 묶어 주기도 합니다.
식사가 끝난 다음에는 노래를 부릅니다.
비록 부르는 노래는 집집마다 다르지만 가정 대대로
내려오는 노래를 부르면서 유대인들은 가정의 소중함을
새삼 느끼게 되는 것이지요. 이처럼 유대인 사이에서
안식일이 계속되는 한 유대인은 멸망하지
않을 것이라고 생각한답니다.
유대인에게 있어서 안식일은 이처럼 아주 큰
의미가 있는 날이랍니다.

유대인의 동질성

사로잡힌 자를 사 오는 유대인

고대에서 중세까지 유대인이 노예 상인이나 산적에게

붙잡혀 노예로 팔려 가는 일이 자주 일어나곤 했습니다.

만약 그 때 그 사실을 알게 된 유대인이 있었다면

그는 노예가 된 유대인의 몸값을 대신 내 주고

그를 구출해야만 했답니다.

그 자금은 유대인들이 내는 헌금으로 충당합니다. 그 자금은

부자거나 가난하거나 모두 내게 되어 있습니다. 그것을

위해서는 유대인 사회에서 가장 귀중하게 여기는 책인

두루마리 『토라』까지도 팔 수 있도록 허락했지요.
그래서 해적이 자주 나타나던 시절에는 해적들이 유대인만
잡으려고 할 정도였답니다. 다른 민족들은 동족을 구하기
위해 자금을 모으는 전통이 없었으니까요.
발톱 끝을 밟으면 온몸에 아픔이 느껴집니다. 뺨을 맞아도
역시 온몸에 아픔이 퍼집니다. 유대인들은 세계 곳곳에
흩어져 있는 민족들이 이처럼 한 사람의 몸과 같다고
생각합니다. 따라서 이러한 전통이 생길 수 있었답니다.

유대인은 한 사람 한 사람이 유대인에 대한 책임을 집니다.
비록 자신이 어려운 상황에 처해 있더라도 곤란을 겪는
유대인이 있다면 그를 먼저 구해야 하는 것이지요.
하지만 누가 누구에게 구출되었는가 하는 것은 별로
중요하지 않습니다. 만일 입장이 바뀌었더라도 누구나
그처럼 했을 것이라는 믿음이 있기 때문이지요.
제2차 세계 대전이 끝나고 이스라엘이 세워졌습니다.
그 때 이스라엘은 매우 곤란하고 위태로웠지요. 이 사정을
안 전세계의 유대인들은 빠짐없이 자금으로 도움을 주거나
직접 와서 봉사를 했답니다. 오늘날에도 이스라엘이 위기에
처하면 전세계의 유대인들이 손에 손을 잡고 힘을 모읍니다.
유대인들은 만일 안식일에 회당에 갔을 때 여행 중인 다른
유대인을 만나면 그 여행자를 집으로 데리고 와서
안식일을 함께 보냅니다. 이것은 그 여행자를 안식일의
식탁에 함께 앉게 함으로써 가족의 한 사람으로
기쁘게 맞이한다는 의미이지요.
수많은 어려움을 이겨 내고 지금의 이스라엘이 있을 수
있었던 것은 이처럼 유대인들 사이에 '사로잡힌 자를
사 온다.'는 전통이 있었기 때문이랍니다.

유대인과 유머

고난 속에서 발견하는 웃음

유대의 속담에 '고난은 웃음을 낳는다.'는 말이 있습니다.
유대인들은 고통스러울 때나 마음이 쓰라릴 때
울기보다는 오히려 웃습니다.
오래도록 살던 정든 집을 빼앗기고 어렵게 모은 재산까지
몽땅 잃은 채 새로운 땅으로 쫓겨 갈 때에도 유대인은
서로 웃음으로써 결코 좌절하지 않는 강인한 정신을
지킬 수 있었답니다.
유대인의 웃음 속에는 단순히 웃긴다는 것을 넘어서

유대인들이 살아오면서 겪은 어려움과 고통이 담겨

있습니다. 따라서 유대인들이 살아온 생활을 모르면

유대인들의 웃음을 이해하기 힘들지요.

다음 이야기를 함께 읽어 볼까요?

독일에서 살던 한 유대인 가족이 그 나라에서 쫓겨났습니다.

국경에 도착하자 국경을 지키고 있던 한 독일인

관리를 만났습니다.

다행히도 그 관리는 쫓겨나는 유대인을 동정은 했지만

어떻게 도와 줄 수는 없었지요.

유대인 가족의 가장인 아버지가 그 관리에게 물었습니다.

"이제 우린 어디로 가야 할까요?"

그러자 그 관리는 자기 옆에 있던 지구의를 돌리며

그들이 갈 만한 곳을 찾기 시작했습니다.

"이 나라는 이민을 제한하고 있으므로 안 되고, 저 나라는

지금 너무 불경기이기 때문에 외국인 노동자들이 들어오는

것을 금지하고 있어요. 그리고 이 곳은 사막이라 살기가

힘들고……."

이렇게 한 나라씩 짚어 가던 관리는 지구의를 한 바퀴 다

돌렸지만 유대인 가족이 들어갈 만한 나라는 못 찾았습니다.

그러자 그 모양을 지켜보던 유대인 가족 중 가장
어린 아이가 이렇게 물었답니다.
"아저씨, 이 세상에 또다른 지구는 없나요?"
이 이야기에는 단순히 웃고 말기에는 너무나 가슴아팠던
유대인들의 역사가 담겨 있습니다.
히틀러가 600만 명이나 되는 유대인을 죽이기 전에
유대인의 재산을 몽땅 빼앗은 다음 독일과 오스트리아에서
쫓아 냈습니다. 그 때 유대인들은 살던 곳에서 쫓겨났다는
고통뿐만 아니라 유대인을 받아들이는 나라가 매우 적다는
또다른 어려움에 부딪혀야 했습니다.
이 이야기는 그와 같은 유대인들의 어려움을 웃음으로
나타냈던 것입니다. 유대인들이 모이면 서로에게 새 우스운
이야기들을 들려 주며 함께 웃습니다. 그들의 생활이
마냥 즐겁기만 한 것은 아닌데도 말이에요.
이처럼 괴로울 때 웃을 수 있다는 것은 유대인의
강한 정신을 잘 나타내 주는 것이랍니다.
여러분도 괴로울 때는 웃어 보세요. 웃음은 자기 자신뿐만
아니라 자기의 주변까지도 밝고 즐겁게 해 주는
대단한 힘을 가지고 있답니다.

사업가로서의 유대인

언제나 정당한 값만 받는 유대인

지금은 이스라엘도 독립 국가가 되었습니다.

그러나 과거에는 오랫동안 세계에 흩어져 살았으므로

국가라는 것이 없었지요.

과거의 유대인들이 나라 없이 살면서도 살아남을 수 있었던

비결은 무엇일까요?

첫째, 국가도 무기도 없었지만 인내력을 넉넉히 가지고

있었습니다. 과거의 유대인들은 나라가 없었기 때문에 다른

나라에 들어가 살았습니다. 그 곳에서 사업을 잘 하여

성공을 거둘 때가 되면 그 나라 정부나 민족으로부터
박해를 받아 애써 모아 둔 재산을 몽땅 빼앗기곤 했지요.
하지만 좌절하거나 포기하지 않고 다시 새로운 사업을
생각하고 일으키곤 했답니다. 바로 쉽게 포기하지 않는
인내력 덕분이었지요.

둘째는 꼭 이기겠다는 마음가짐입니다. 이것은 반드시
살아남아야 한다는 생각에서 비롯된 것입니다. 절대로
단념하지 않는다는, 일곱 번 쓰러지면 여덟 번 일어나는
칠전 팔기의 정신이 있었기 때문에 가능했던 것이지요.

셋째는 자기 자신에 대한 믿음입니다. 즉 자기의 재능에
대한 믿음이에요. 사업이나 일이 실패하였더라도
다시 일으킬 수 있다는 자신감입니다.

넷째는 유대인의 높은 교육 수준입니다. 유럽의
교육 수준이 낮았던 중세 때에도 유대인들은 모두
글을 읽고 쓸 줄 알 정도였답니다.

이러한 네 가지 장점이 있었기 때문에 유대인들은
그 어려운 상황에서도 좌절하거나 포기하지 않고
결국 나라를 되찾을 수 있었던 것이지요.

또 한 가지 중요한 것은 자기 민족에 대한 사랑과 도덕심을

가지고 모든 일을 한다는 점입니다.

유대인들은 자신에 대한 평판을 지키고 유대인의 이름을
욕되게 하지 않으려고 항상 노력했습니다. 랍비 라바는
사람이 죽어서 하늘 나라에 가면 맨 먼저 '너는 정직하게
장사를 하였느냐?' 라는 질문을 받는다고 말합니다. 이
랍비는 사람이 사는 동안 얼마나 많은 사람들을 도우며
살았는지, 얼마나 하느님께 기도했는지보다 더 중요한 것이
정직하게 사는 것임을 가르치고 있습니다.

실제로 랍비들이 상점을 돌아다니며 물건의 크기와 무게,
가격, 품질 등을 직접 조사하기도 했답니다.

이렇게 유대인들은 장사를 하거나 사업을 할 때
많은 이익을 남기기보다 정당한 값을 받고 파는 데
더 신경을 썼습니다. 이런 유대인의 태도가 사람들에게
신뢰를 얻게 되면서 유대인들의 사업이 번창할 수
있었던 것입니다.

어린이 여러분, 유대인들이 그 많은 어려움을 겪으면서도
살아남을 수 있었던 비결을 이제 알겠지요? 자, 이제 우리도
배워야 할 것은 배워서 더욱 자랑스러운 세계인이 된다면
정말 신나는 일이겠지요. ✿

● 이해 능력 Level Up!

1. 아래 글을 읽고, 가난한 랍비 힐렐이 눈 내리는 겨울에 학교 지붕
   으로 올라간 이유를 골라 보세요.

> '그래, 하는 수 없지 뭐. 몰래라도 듣는 수밖에.'
> 청년은 학교 지붕 위로 올라갔습니다. 그리고 굴뚝에다
> 귀를 대고 선생님의 가르침을 듣기 시작했어요.

   1) 도둑질을 하러   2) 선생님의 가르침을 들으러
   3) 아이들을 놀라게 해 주려고   4) 눈 내리는 밤 하늘을 보려고
   5) 선생님께 꾸중을 들어서

2. 「좋은 일」 이야기에서 랍비 힐렐은 몸을 깨끗이 씻는 일이 왜 좋은
   일이라고 했나요?

   1) 목욕탕 주인이 돈을 버니까
   2) 물이 우리 몸에 좋으니까

3) 더러운 몸을 씻으면 어머니가 좋아하니까

4) 깨끗한 몸과 마음에서 올바른 생각과 행동이 나오니까

5) 몸을 깨끗이 씻으면 정신이 강해지니까

3. 「과일 먹는 방법」 이야기에서 키 작은 친구는 천장에 매달린 과일을 어떻게 꺼내 먹었는지, 아래 글을 읽고 답하세요.

> '저 과일이 비록 높은 곳에 있기는 하지만 전혀 먹을 수 없는 건 아니야. 왜냐하면 과일이 저 곳에 있다는 것은 누군가 저기에 매달았다는 얘기잖아. 매달 수 있었다면 꺼내 먹을 수도 있다는 거지.'
> 이렇게 생각한 키 작은 친구는 남은 힘을 다해 집 안을 샅샅이 뒤지기 시작했습니다.
> "찾았다! 찾았어!"
> 키 작은 친구가 헛간에서 무엇을 찾아 낸 줄 아세요?
> 바로 사닥다리였어요.

1) 집 안을 뒤져 사닥다리를 찾아 냈다.

2) 벽으로 기어 올라갔다.

3) 돌을 던져 과일을 떨어뜨렸다.

4) 키 큰 친구의 어깨에 무동을 탔다.

5) 하느님께 기도를 했다.

4. 「불청객」 이야기에서 초대되지 않는 사람은 나가 달라고 하자, 가장 덕망 있는 랍비가 조용히 나갔습니다. 왜 그랬나요?

1) 자신이 잘못 알고 왔으므로

2) 자신이 가장 나이가 많았으므로

3) 잘못 알고 온 일곱 번째 랍비가 부끄러움을 느낄까 봐

4) 잘못 알고 온 랍비가 화를 낼까 봐

5) 잘못 알고 온 랍비가 그에게 뇌물을 주어서

5. 「랍비와 악당」 이야기에서 악당을 만난 랍비들은 어떤 기도를 하나요? 아래 글을 읽고, 맞는 답을 골라 보세요.

"그렇게 생각하지 마시오. 유대인이라면 그렇게 생각해서는 안 된다오. 아무리 저 악당들이 죽었으면 좋겠다고 생각되더라도 그런 것을 기도해서는 안 되오. 아무리 나쁜 사람들이라도 벌을 받아 죽기를 바라기보다는 그들이 자신의 죄를 뉘우치게 해 달라고 기도해야 한다오. 자, 이러고 있을 게 아니라 우리 모두 저 사람들이 착한 사람이 되도록 기도합시다."

1) 악당들이 몽땅 물에 빠져 죽어 버리라는 기도

2) 악당들이 모두 벌을 받으라는 기도

3) 악당들이 자신의 죄를 뉘우치게 해 달라는 기도

4) 악당들이 모두 사형 선고를 받으라는 기도

5) 악당들이 모두 경찰에 잡히라는 기도

6. 「웃음과 화평」 이야기에서 랍비는 시장 안에 영원한 생명을 얻을

만한 자격이 있는 사람이 있다고 말합니다. 그들은 누구인가요?

1) 약을 파는 약사

2) 지식이 풍부해지는 책을 파는 사람

3) 몸에 좋은 생선을 파는 사람

4) 몸에 좋은 채소를 파는 사람

5) 웃음을 파는 허름한 옷차림의 광대

7. 아래 글은 「주인을 구한 개」의 일부분입니다. 강아지가 컵을 떨어 뜨린 이유는 무엇인가요?

그런데 영리한 아들이 우유통 속을 살펴보고서야 어떻게 된 일인지를 알아 냈습니다. 우유통 속에는 무서운 독뱀 한 마리가 빠져 있었으니까요.
"엄마, 여기 좀 보세요."
"어머나, 이럴 수가!"
식구들은 모두 깜짝 놀랐습니다. 강아지가 식구들을 살리기 위해 자신의 목숨을 버렸다는 사실을 알고는 또 한 번 놀랐지요.

1) 독이 든 우유를 못 먹게 하려고

2) 목이 너무 말라서

3) 자기만 두고 나갔다 온 주인에게 화풀이 하려고

4) 배가 너무 고파서

5) 장난을 치다가 실수로

8. 「왕이 된 노예」 이야기에서 영혼이 사는 섬으로 간 노예는 왕이 되었지만 2년 후에는 삭막한 섬으로 쫓겨난다는 것을 알게 되었습니다. 그러자 노예는 어떻게 하였나요?

   1) 당장 그 섬을 빠져 나왔다.
   2) 자신을 쫓아 내려는 사람들을 모두 잡아 가두었다.
   3) 사람들에게 자기를 쫓아 내지 말라고 간절히 부탁하였다.
   4) 그 말에 신경 쓰지 않고 2년 동안 왕 생활을 마음껏 누렸다.
   5) 2년 후를 대비해 삭막한 섬에 꽃과 과일 나무를 심었다.

9. 「무덤과 마을」 이야기에서 무덤은 유대인들에게 있어서 무엇을 상징한다고 했나요?

   1) 죽음   2) 마을   3) 희망
   4) 생명   5) 지식

10. 「나눌수록 많아지는 것」 이야기에서 밭을 갈던 소가 쓰러진 이유는 무엇인가요?

   1) 과로를 해서   2) 일하기 싫어서 아픈 척하려고
   3) 큰 보석에 걸려서   4) 돌부리에 걸려 넘어져서
   5) 농부가 채찍질을 많이 해서

11. 「유대인을 산 유대인」 이야기에서 노인이 노예가 된 유대인 청년을 사서 풀어 준 이유는 무엇인가요?

   1) 그 청년이 불쌍해서
   2) 노인과 그 청년은 같은 유대인이었기 때문에

3) 그 청년이 꼭 은혜를 갚겠다고 했기 때문에

4) 그 청년이 애걸복걸해서

5) 노인은 자선 사업가였기 때문에

12. 「진실한 유대인」 이야기에는 유대인들이 '샬롬' 이라고 인사한다는 내용이 있습니다. '샬롬' 은 무슨 뜻인가요?

> 유대인뿐만 아니라 인류 모두가 한 형제라고 생각하는 유대인들은 평화를 중요하게 여깁니다. 형제들끼리 싸우는 것은 하느님의 가르침을 거역하는 것이니까요. 그래서 유대인들의 인사는 평화라는 뜻의 '샬롬' 이랍니다.

1) 사랑   2) 안녕   3) 감사

4) 평화   5) 인내

13. 「승리하는 유대인」의 일부분을 읽고, 유대인들이 유월절에 먹는 음식을 바르게 짝지은 것을 고르세요.

> 우선 쓴 나물을 먹습니다. 이것을 먹음으로써 패배의 쓴맛을 잊지 않으려는 것입니다.
> 또한 효모가 들어 있지 않은 빵을 먹습니다. 이것은 유대인들이 이집트에 노예로 끌려가 있을 때 먹던 빵이었습니다. 이 빵을 먹으면서 민족의 수치였던 그 시절을 떠올리는 것이지요.
> 또다른 한 가지는 삶은 달걀입니다. 삶으면 삶을수록 단단해지는 달걀처럼 유대인도 어려움에 처하면 처할수록 똘똘 뭉쳐 내일에 대한 희망을 가지자고 다짐한답니다.

1) 쓴 나물, 효모를 넣지 않은 빵, 삶은 달걀

2) 쓴 나물, 크림 빵, 삶은 달걀

3) 쓴 나물, 케이크, 생선

4) 쓴 나물, 딱딱한 빵, 불고기

5) 쓴 나물, 효모를 넣지 않은 빵, 갈비찜

14. 「여우와 물고기」 이야기에서 여우는 왜 부끄러워 고개를 들지 못
  하고 숲 속으로 들어가 버렸나요?

1) 자신보다 작은 동물과의 싸움에서 졌기 때문에

2) 생김새가 볼품없어서

3) 수영을 잘 못 해서

4) 물고기의 처지를 제대로 헤아리지 못해서

5) 꾀가 부족해서

15. 「하느님이 맡긴 보석」 이야기에서 보석은 무엇을 뜻하는지, 아래
  글을 읽고 답하세요.

> 아내는 두 아이의 죽음을 남편에게 어떻게 이야기해야 좋을지
> 궁리했습니다. 그러다 한 가지 좋은 생각이 떠올랐어요.
> 아내가 말했습니다.
> "당신에게 묻고 싶은 게 있어요. 전에 어떤 분이 제게
> 아주 귀한 보석을 하나 맡기셨어요. 잘
> 보관해 달라고요. 이제 그분이 보석을
> 다시 돌려 달라고 하시는군요.
> 이럴 때 어떻게 해야 옳을까요?"

1) 다이아몬드   2) 집
3) 땅   4) 가족의 건강
5) 두 아이

16. 「시집 가는 딸에게」 이야기에서 어머니가 딸에게 말한 내용이 아닌 것을 모두 고르세요.

1) 남편을 제왕처럼 떠받들어라.
2) 남편이 친구를 방문하게 되거든 그를 목욕시켜 차림을 단정히 하도록 하여 보내거라.
3) 남편이 돈을 잘 버는지 미리 알아보아라.
4) 남편의 소지품을 소중히 하여라.
5) 남편의 친구가 네 집에 들르거든 정중히 거절하여라.

17. 「말없이 말하기」 이야기에서 랍비는 아들을 목말 태운 후 그 편에 비둘기를 날려 보내는 것으로 왕에게 메시지를 전합니다. 이 행동은 무엇을 의미하는지, 아래 글을 읽고 답하세요.

랍비는 황제의 물음에 말로 대답하는 대신 행동으로 그 방법을 알려 주었던 거예요.
랍비가 아들을 목말 태운 것은 아들에게 우선 왕위를 물려 주라는 뜻이었지요. 그 다음에 아들에게 비둘기를 주어 날려 보내게 한 것은 아들이 왕이 되었으니 아들이 직접 무역이 활발한 도시를 만들게 하라는 뜻이었답니다.

1) 평화를 심는 왕이 되라는 뜻
2) 새를 사랑하는 왕이 되라는 뜻
3) 아들에게 왕위를 물려준 뒤 무역이 활발한 도시를 만들게 하라는 뜻
4) 아들을 왕처럼 떠받들며 키우라는 뜻
5) 선물을 보내 이웃 나라와 화해하라는 뜻

18. 다음은 「욕심쟁이 노인」의 일부분입니다. 글을 읽고, 노인이 훔쳐 갔던 돈을 다시 제자리에 묻어 둔 이유를 찾아보세요.

> "히히히, 저런 멍청한 신발 장수 좀 보게나. 조금 있으면 난 8백 냥까지 공짜로 얻을 수 있겠구먼. 지금 이러고 있을 때가 아니지. 나무 밑을 파 보았다가 돈이 없어진 것을 알면 8백 냥을 묻지 않을 거야. 그러니 아무 일도 없었던 것처럼 얼른 이 돈을 있던 곳에 묻어야겠군."

1) 자신의 잘못을 뉘우쳤기 때문에
2) 더 큰돈을 훔치려는 욕심 때문에
3) 주인을 찾아 주려고
4) 들고 다니기가 너무 무거워서
5) 아무도 모르는 곳에 숨겨 두려고

19. 「방문」 이야기에서 노인의 병이 좋아진 이유는 무엇인가요?
1) 비싼 약을 먹었기 때문에

2) 공기 좋은 곳으로 요양을 갔기 때문에

3) 선한 마음을 가졌기 때문에

4) 사람들의 병문안으로 외로움에서 벗어날 수 있었기 때문에

5) 좋은 병원에 가서 치료받았으므로

20. 「부드러운 혀, 딱딱한 혀」 이야기에서 '혀'가 의미하는 것은 무엇일까요?

1) 사람의 감정

2) 음식의 맛을 느낄 수 있는 신체 부위

3) 입으로 나오는 모든 말

4) 사람의 생각

5) 사람의 운동 감각

21. 다음 글을 읽고 「형제」 이야기의 주제를 답해 보세요.

자초지종을 알게 된 형제는 서로를 부둥켜안고 울었습니다. 서로를 얼마나 아끼고 있는지를 다시 한 번 깨닫게 되었던 것입니다. 형제가 부둥켜안고 울었던 곳이 지금도 예루살렘의 가장 고귀한 장소로 남아 있답니다.

1) 형제간의 우애

2) 친구와의 우정

3) 이웃 사이의 정

4) 친절한 행동

5) 예의바른 행동

● 논리 능력 Level Up!

1. 「지혜의 책」 이야기에서 학자는 왜 랍비를 찾아갔는지, 아래 글을
   읽고 답하세요.

 "저는 유대인에 관한 많은 책을 연구했습니다.
하지만 아직도 유대인이 어떤 사람인지 잘
모르겠습니다. 랍비님, 제 생각엔 『탈무드』를
공부해야 유대인에 대해 알 수 있을 것
같습니다. 그러니 제게도 『탈무드』를 가르쳐
주십시오."

2. 「랍비 힐렐」 이야기에서 선생님은 왜 청년에게 수업료를 받지 않
   기로 했나요?

3. 「제일 아픈 상처」이야기에서 독수리는 먹이를 통째로 삼키는 뱀에게 욕심쟁이라고 말했습니다. 뱀이 뭐라고 대답했는지 써 보고, 그 말이 무슨 뜻인지 생각해 보세요.

"독수리야, 그게 그렇게도 이상하니? 그래도 나는 남을 헐뜯는 사람보다는 낫다고 생각해. 입으로 남에게 상처를 입히지는 않거든."

_____

_____

_____

_____

4. 「여우와 물고기」이야기에서 물고기는 숲 속으로 가자는 여우의 제안을 왜 거절했나요?

_____

_____

_____

_____

5. 「부드러운 혀, 딱딱한 혀」 이야기에서 부드러운 혀 요리를 좋아하는 제자들에게 랍비는 뭐라고 말했나요? 그리고 이 이야기에서 부드러운 혀와 딱딱한 혀는 각각 무엇을 의미하나요?

6. 「하느님이 맡긴 보석」 이야기에서 메이어의 아내는 어떤 지혜로운 말로 랍비 메이어에게 두 아이의 죽음을 전하나요? 아래 글을 읽고, 써 보세요.

> "네, 저도 그렇게 하는 게 옳다고 생각해요. 사실은 조금 전에 하느님께서 귀중한 보석 둘을 찾아 가지고 하늘로 돌아가셨습니다."

7. 「포도밭과 일꾼」 이야기에서 왕은 두 시간밖에 일하지 않은 일꾼에게 다른 일꾼과 똑같은 품삯을 주었습니다. 왜 그랬는지 아래 글을 읽고 답하세요.

> "그건 그렇지 않다. 잘 보아라. 너희가 하루 종일 한 일을 이 사람은 단 두 시간 만에 다 해치우지 않았느냐. 일을 한 시간이 중요한 게 아니라 얼마나 많은 일을 했는지가 중요한 것이다."

8. 「약속」 이야기에서 우물에 빠졌던 아가씨와 그 아가씨를 구해 준 청년은 족제비와 우물을 증인으로 세우고 약혼을 합니다. 나중에 어떤 사건이 생기나요?

9. 「방문」 이야기에서 랍비는 환자를 찾아가는 것보다 더 고결한 일
   은 묘지를 찾아가는 일이라고 했습니다. 왜 그렇게 말했나요?

10. 「희망」 이야기에서 나그네가 도둑들의 습격에서 안전할 수 있었
    던 이유는 무엇인가요?

11. 「무덤과 마을」 이야기에서 사막을 여행하던 아버지는 왜 무덤을
    보고 얼굴이 환해졌나요? 아래 글을 읽고, 답을 써 보세요.

아들은 무덤이 왜 마을이 있다는 표시인지
몰랐지만 다시 희망을 가지고 걸었습니다.
정말 가까운 곳에 마을이 있었어요.
아버지와 아들은 그 곳에서 물도 마시고
편히 쉴 수가 있었답니다.
사막에 사는 사람들은 마을 어귀에다
묘지를 만들었습니다. 그래서 사막을 여행하는 사람들에게 묘지는
마을이 가까이 있다는 표지가 되었지요.

● 논술 능력 Level Up!

1. 「과일 먹는 방법」이야기에서 키 큰 친구와 키 작은 친구는 과일을
   발견하고 나서 서로 다른 행동을 취합니다. 내가 만약 그런 상황
   에 처했다면 어떻게 했을지에 대해 생각하여 써 보세요.

2. 「제일 아픈 상처」이야기가 가진 메시지는 무엇일까요? '나의 경
   험'과 연결시켜 적어 보세요.

3. 「부드러운 혀, 딱딱한 혀」는 사람의 혀는 좋은 말을 할 수도 있지만 나쁜 말만 골라서 할 수도 있다는 교훈을 가진 이야기입니다. 아래 글을 읽으며 그 교훈을 되새겨 보고, 혀와 같이 경우에 따라 좋게 쓰일 수도, 옳지 못한 일에 쓰일 수도 있는 다른 신체 부위들에 대해 적어 보세요.

> "역시 부드러운 혀로 만든 요리가 더 맛이 있나 보군. 자네들이 그렇게 골라 먹는 걸 보니 말일세. 사람도 마찬가지라네. 언제나 혀를 부드럽게 하기 위해서 노력하게나. 딱딱한 혀를 가진 사람은 남을 화나게 하거나 평화를 깨뜨리게 마련이라네. 오늘 잔치에서 배운 것을 꼭 실천해야 하네."

4. 아래 글은 '앙갚음과 미움'에 대한 랍비의 정의입니다. 이웃간에 혹은 친구간에 다툼이 있을 경우 화해하고 용서하는 것과 그러지 않는 것은 엄청난 차이를 가져옵니다. '화해와 용서, 앙갚음과 미움'처럼 상반되는 감정들은 어떤 결과를 불러 올까요? 자신의 생각을 담아 논리적으로 써 보세요.

> ● "자신의 부탁을 거절했다고 똑같이 말을 빌려 주지 않은 이 사람의 행동을 무엇이라고 할 수 있겠나?" 제자 중 한 사람이 대답했습니다.
> "앙갚음입니다."
>
> ● "자신의 부탁을 거절했던 사람에게 말을 빌려 준 이 사람의 행동을 무엇이라고 할 수 있겠나?"
> 제자 중 한 사람이 대답했습니다.
> "미움입니다."

5. 「랍비와 악당」 이야기에서 덕망 있는 랍비는 다른 랍비들에게 무엇이라고 말했나요? 그의 말에 다른 랍비들이 고개를 숙인 이유는 무엇이었나요?

6. 「약속」 이야기를 재미있게 읽었나요? 약속의 중요함에 대해 써보세요. 약속을 지키기 위해 나는 어떤 노력을 하고 있는지도 적어 보세요.

7. 「시집 가는 딸에게」는 겸손과 존경에 관한 이야기입니다. 겸손과 존경은 부부 사이에서뿐 아니라 다른 사람과의 관계에서도 꼭 갖추어야 할 중요한 덕목입니다. 아래 글을 읽으며, '겸손과 존경'에 대해 생각해 보세요.

> 딸아!
> 만일 네가 남편을 제왕처럼 떠받든다면 그는 너를 여왕처럼 존대할 것이다. 그러나 네가 만일 계집종처럼 처신하면 남편은 너를 노예처럼 취급할 것이다. 만일 네가 지나치게 자존심을 세워 그를 섬기기를 싫어한다면 그는 완력으로 너를 계집종으로 만들어 버릴 것이다. 만일 남편이 친구를 방문하게 되거든 그를 목욕시켜 차림을 단정히 하도록 하여 보내거라. 만일 남편의 친구가 네 집에 놀러 들르거든 할 수 있는 한 정성을 다하여 대접하여라. 그렇게 하면 남편이 너를 어여쁘게 여길 것이다.
> 늘 가정에다 마음을 두고 남편의 소지품을 소중히 하여라. 그렇게 하면 그가 네 머리 위에 관을 씌울 것이다.

8. 「왕이 된 노예」 이야기에서 노예가 행복할 수 있었던 것은 아래 글
   에 나타난 것과 같이 미래를 대비했기 때문입니다. 나는 앞으로 다
   가올 미래를 위해서 어떤 노력을 하고 있는지 적어 보세요.

> "정말 고맙구려. 그렇다면 지금부터 1년 후의 일에 대해 미리
> 대비를 해야겠군."
> 왕은 그 날부터 동물도 식물도 아무것도 없는 섬에 꽃과 과일
> 나무를 하나씩하나씩 심었습니다. 아주 조금씩이라도 꾸준히
> 했지요.

9. 아래 글은 「나눌수록 많아지는 것」 이야기의 마지막 부분입니다. 농부는 성실하게 일하면서 다른 사람도 도울 줄 아는 착한 사람입니다. 나는 내 주변의 가난하고 힘든 사람들을 위해 어떤 일을 하고 있는지 써 보세요.

> 그 농부는 오늘도 랍비들을 반갑게 맞아 주었답니다. 그리고 자신이 작년에 겪었던 일들을 이야기하며 즐거워했습니다. 그 농부는 랍비들에게 이런 이야기를 했대요.
> "자신이 가진 것을 다른 사람들과 아낌없이 나누면 반드시 더 많은 것이 돌아오지요."

10. 「유대인을 산 유대인」 이야기를 읽고 무엇을 느꼈나요? 동포를 도와 준 노인의 마음을 생각하며, 우리가 북한 동포를 어떻게 이해하고 도와 주어야 하는지에 대해 써 보세요.

---

11. 「지혜로운 유대인」 이야기에서는 국력을 키우기 위한 네 가지 조건을 말하고 있습니다. 아래 글을 읽고, 이 밖에 국력을 키울 수 있는 조건에 대해 적어 보세요.

> 그럼 인구도 적고 천연 자원도 거의 없으며 국토도 없었던 유대인들은 아주 힘이 없는 민족일까요? 전혀 그렇지 않답니다. 왜냐하면 유대인에게는 풍부한 지식이 있기 때문이지요. 아무리 인구가 많고 천연 자원이 많더라도 그 민족에게 지식이 없다면 나라의 힘을 키우는 데 어려움이 많을 수밖에 없답니다.

풀이

이해 능력 Level Up!

1. 2)　　　 2. 4)　　　 3. 1)　　　 4. 3)　　　 5. 3)

6. 5)　　　 7. 1)　　　 8. 5)　　　 9. 4)　　　 10. 3)

11. 2)　　　 12. 4)　　　 13. 1)　　　 14. 4)　　　 15. 5)

16. 3) , 5)　 17. 3)　　　 18. 2)　　　 19. 4)　　　 20. 3)

21. 1)

논리 능력 Level Up!

1. 그 학자는 유대인에 대해서 연구하고 있었는데, 『탈무드』를 공부하면 유대인에 대해서 더 잘 알 수 있을 거라고 생각했기 때문에.

2. 공부를 하려고 지붕 위에서 수업을 엿들은 청년의 열정에 감동해서.

3. "그게 그렇게도 이상하니? 그래도 나는 남을 헐뜯는 사람보다는 낫다고 생각해. 입으로 남에게 상처를 입히지는 않거든."

   이 말은 남의 사정도 잘 모르면서 말을 함부로 하는 독수리를 꾸짖는 말이다.

4. 물고기는 물 속이 아니면 살 수 없기 때문에.

5. "언제나 혀를 부드럽게 하기 위해서 노력하게나. 딱딱한 혀를 가진 사람은 남을 화나게 하거나 평화를 깨뜨리게 마련이라네."

   이 말은 부드러운 말로 상대방을 배려하라는 뜻이다.

6. 두 아들을 하느님께서 주신 귀한 보석이라고 비유한 뒤, 방금 하느님께서 그 보석 둘을 찾아 가셨다고 말한다.

7. 그 일꾼은 다른 일꾼들이 하루 종일 한 일을 단 두 시간 만에 다 해 치웠기 때문이다.

8. 나중에 약속을 어긴 젊은이의 아이가 죽게 되는 결과를 가져왔다.

9. 병문안을 다녀온 뒤 환자가 완쾌되면 인사를 해 오지만 죽은 사람에게는 결코 인사를 받을 수 없기 때문에 하는 말이다. 이것은 아무런 대가를 바라지 않고 다른 사람에게 선행을 베푸는 일이 더 고결하다는 뜻이다.

10. 빈 집에서 자고 있는데 바람이 불어 와 등불을 꺼 버렸다. 그리고 개와 나귀가 사자에게 물려 죽었다. 덕분에 도둑들에게 들키지 않을 수 있었다.

11. 무덤은 마을이 가까이에 있다는 것을 뜻하기 때문이다.

논술 능력 Level Up!

1. 나는 어려운 상황에 처했을 때 키 큰 사람처럼 포기해 버리는지, 아니면 키 작은 사람처럼 적극적으로 대처하는지 생각해 보자.

2. 잘 모르는 일을 가지고 함부로 말해 다른 사람에게 상처를 주는 것은 옳지 않다. 남을 헐뜯는 말이나 시기심으로 뒤에서 욕을 한 경우가 있는지 적어 보자. 반대로 다른 사람의 말 때문에 상처를 입은 경우를 써도 좋다.

3. 손은 다른 사람을 돕거나 피아노를 치거나 멋진 그림을 그리는 데 쓸 수 있다. 그러나 남의 물건을 훔치거나 누군가를 때리는 데도 쓸 수 있다. 이처럼 신체 각 부위들이 할 수 있는 '좋은 일'과 '나쁜 일'에 관해 써 보자.

4. 화해와 용서는 나와 남을 편안하게 해 준다. 그러나 복수는 나와 남을 동시에 고통스럽게 할 뿐 아니라, 경우에 따라 끔찍한 결과를 가져오기

도 한다.

5. "아무리 나쁜 사람들이라도 벌을 받아 죽기를 바라기보다는 그들이 자신의 죄를 뉘우치게 해 달라고 기도해야 한다." / 자신의 목숨이 위태로운 상황에서도 악당을 위해 기도하는 모습을 보고 감동을 받았다.

6. 세 살배기 어린아이와의 약속부터 국가간의 약속까지 중요하지 않은 것은 없다. 약속에 관한 자신의 생각을 적어 보자.

7. 다른 사람에게 나를 낮추면 어느 새 내가 높은 자리에 앉게 된다. 다른 사람에게 좋은 대접을 받으려면 내가 먼저 어떻게 행동해야 하는지 생각하고 적어 보자.

8. 나의 미래는 어떤 모습인지 전혀 알 수 없다. 그렇기 때문에 행복한 미래를 만들려면 지금부터 노력해야 한다. 어떻게 하면 나중에 내가 행복하게 살 수 있을지 생각한 것을 적어 보자.

9. 주변에 있는 가난하고 아픈 사람들을 어떻게 돕고 있는지 적어 보자. 만약 경험이 없다면 앞으로 어떻게 할 것인지 써 보자.

10. 같은 민족이므로 힘을 합쳐야 된다는 내용과 함께 북한 동포를 여러 면에서 도와 주어야 한다는 등의 내용을 담아 적어 보자.

11. 민족의 단결력, 근면성 등 여러 가지 요소들이 있을 것이다. 이러한 것들을 추가로 더 찾아보자.

초등권장 도서 세계 명작 시리즈

※효리원 세계 명작 시리즈는 계속 발간됩니다!